시간을 잇는 아이

시간을 잇는 아이

초판 1쇄 펴낸날 2021년 8월 25일
초판 5쇄 펴낸날 2024년 4월 4일

지은이　　정명섭·박지선
편집장　　한해숙
편집　　　신경아, 이경희
디자인　　최성수, 이이환
마케팅　　박영준, 한지훈
홍보　　　정보영, 박소현
영업관리　김효순

펴낸이　　조은희
펴낸곳　　주식회사 한솔수북
출판등록　제2013-000276호
주소　　　03996 서울시 마포구 월드컵로 96 영훈빌딩 5층
전화　　　편집 02-2001-5822 영업 02-2001-5828
팩스　　　02-2060-0108
전자우편　isoobook@eduhansol.co.kr
블로그　　blog.naver.com/hsoobook
페이스북　chaekdam
인스타그램　chaekdam

ISBN 979-11-7028-812-1 43810

큐알 코드를 찍어서
독자 참여 신청을 하시면
선물을 보내 드립니다.

책담 다른 내일을 만드는 상상

정명섭·박지선 지음

시간을 잇는 아이

1918

2020

책담

지금은 까마득한 옛날 얘기가 되어 버렸지만 코로나19 바이러스가 창궐한 초창기에는 마스크가 없어서 다들 힘들어했습니다. 마스크 5부제가 시행되면서 약국 앞에 길게 줄을 서 있던 게 일상적이었죠. 그 와중에 손쉽게 마스크를 구한 사람이 있었고, 제대로 구하지 못해 힘들어했던 사람도 있었습니다. 후자의 상황이었던 저는 마스크가 풍족해진 지금도 종종 그때를 떠올립니다. 마스크 소동에서 알 수 있듯 코로나19 바이러스는 우리의 삶을 엄청나게 바꿔 버렸습니다. 특히, 잠재되어 있던 갈등과 차별들을 밖으로 끄집어냈습니다. 사회에서는 두드러진 빈부격차가 드러났고, 학교에서는 학력 격차가 눈에 띄게 벌어졌습니다. 외부에서 오랜 시간 일해야 하는 사람들은 코로나19 바이러스와 마주칠 확률이 높습니다. 저는 코로나19 바이러스도 무섭지만 그것이 우리 사회에 얼마나 큰 상처를 남길지가 걱정됩니다. 몸에 걸린 병은 언젠가는 치료되지만, 마음의 병은 쉽게 사라지지 않으니까요. 1918년의 우리 민족이 겪은 가슴 아픈 이야기가 현재 우리 마음의 병을 치료하는 데 도움이 되기를 바랍니다. 힘들고 어려워도 우리가 똘똘 뭉쳐 서로를 배려하고 돌본다면 그 병을 물리칠 수 있을 것입니다.

정명섭

코로나로 일상의 많은 부분들이 바뀌었습니다. 미세 먼지에도 잘 착용하지 않았던 마스크를 항상 쓰게 되었지요. 그리고 작가의 말을 쓰고 있는 지금은 다양한 종류의 백신과 거리 두기에 관한 내용이 방송에 나오고 있습니다.

1918년 한반도에도 전 세계인을 위협했던 무오년 독감이 유행했습니다. 하지만 그때는 독감보다 우리 민족이 처해 있는 상황이 더 위협적이었지요. 그래서인지 무오년 독감에 대한 자료들이 생각보다 많지 않았습니다. 그나마도 당시 조선인이 일본인에 비해 많이 죽었다는 것이 가장 강조되어 있었습니다. 얼마나 불안감과 울분의 감정으로 꽉 차 있었는지가 고스란히 전해졌습니다. 한반도에서 무오년 독감의 끝을 어떻게 맞이했는지에 대한 정확한 기록은 없지만, 우리 민족은 그 어려움 속에서도 이듬해인 기미년 독립을 위한 항쟁을 일으켰습니다. 코로나와 무오년 독감만 생각하면서 글을 쓰기 시작했는데, 쓰는 동안 생각보다 더 다양한 감정을 느낄 수 있었던 시간이었습니다.

우리가 함께하지 못한 화진이 앞날에 어떤 일이 벌어질지 걱정이 됩니다. 화진이는 그 시절 우리 민족이 겪은 아픔의 선봉에 서서 여러 가지 힘든 일을 겪게 되겠지요. 그리고 지혜롭게 잘 이겨 내리라 생각합니다. 화진이, 동민이 모두 파이팅!

박지선

차례

2020

"아들, 어디야?"

엘리베이터에 타자마자 울리는 핸드폰에서 엄마 목소리가 들리자 동민이는 짜증이 났다. 엄마가 오랜만에 외출한 틈을 타서 타이밍을 재고 나왔는데 몇 분 만에 전화가 온 것이다.

동민이는 퉁명스럽게 대답했다.

"어디긴요, 엘리베이터 안이죠."

"우리 잠깐 영통할까?"

"엘리베이터 안에서 무슨 영통이에요."

"일 층에 내릴 때쯤 전화할게."

엄마는 대답도 듣지 않고 통화를 끝냈다. 엘리베이터가

일 층에 도착하자 한숨을 쉬며 내린 동민이는 핸드폰을 들고 영상 통화할 준비를 했다. 잠시 후에 벨소리가 다시 들리면서 영상 통화가 시작되었다.

마스크를 쓴 엄마가 나왔다. 음식점 안인 것 같았다.

"요즘 같은 시국에 어딜 나가려고."

"갑갑해서 그래요. 한 달째 밖에 못 나갔잖아요."

"오늘 확진자 수가 몇 명인지 아니?"

"예전보다는 많이 줄었잖아요."

"그래도 조심해야지. 그러다 코로나 걸려서 공부 못 하면 어쩌려고?"

"잠깐만 나갔다 올게요. 오늘 친구들이랑 만나서 유튜브 찍는 숙제하기로 했다고요."

"무슨 학교 숙제가 유튜브 찍는 거야?"

미심쩍다는 말투로 묻는 어머니에게 동민이가 볼멘소리를 했다.

"요즘 다 한다고요. 선생님이 코로나 바이러스로 바뀐 세상 풍경을 찍으라고 했단 말이에요."

"진짜? 요즘 바깥출입하는 게 얼마나 위험한데 그런 숙제를 내?"

엄마가 미심쩍어 하는 걸 보고 거짓말이 들통날까 봐 겁이 났지만 다시 들어가고 싶지는 않았다.

동민이는 마스크를 만지작거리면서 대답했다.

"마스크 쓰고 멀리 떨어져서 찍으라고 했어요."

"바이러스가 바람 타고 날아오면 어쩌려고?"

동민이는 엄마는 왜 사람들 많은 음식점에 있느냐고 반박하려고 했지만, 속으로만 생각하고 말았다. 엄마의 심기가 망가졌을 때 무슨 일이 벌어지는지 어릴 때부터 잘 봐왔기 때문이다. 엄마는 외아들인 동민이에게 관심이 많았다. 서울 근교에서 가장 학교 수준이 높다는 경한시로 이사를 온 것도 그 때문이었다.

일 층 복도에 우두커니 서서 얘기를 듣는데 갑자기 엄마의 목소리가 높아졌다.

"그리고, 너 마스크 똑바로 써."

통화하느라 살짝 마스크를 내렸던 동민이는 서둘러 마스크를 올렸다.

"알았어요. 몇 시에 들어오실 거예요?"

"저녁 먹고 들어갈게."

몇 마디 잔소리가 이어지고 나서 얼른 나갔다 오라는 허락 아닌 허락이 떨어졌다. 동민이는 핸드폰을 주머니에 넣고 아파트 현관문을 나섰다.

엄마의 닦달을 받은 아빠가 아는 사람에게 구했다면서 지난주에 KF-94 마크가 찍힌 마스크 두 박스를 사 가지고 왔다. 안에는 비닐로 포장된 마스크들이 빼곡하게 박혀 있었다.

엄마가 입술에 손가락을 대고 말했다.

"이 정도면 몇 달은 버틸 수 있을 거야. 집에 마스크 있다고 소문 내지 마."

동민이는 고개를 끄덕거렸다. 방송은 물론이고 동네에서도 온통 마스크 얘기뿐이었기 때문이다. 정확하게는 마스크를 어디서 구해야 하는지에 대한 얘기들로, 인터넷에서는 마스크 동란이나 대란이라고도 불렀다. 정부에서는 5부제를 시행한다고 했지만 사람들은 어디서도 마스크를 구할 수 없다면서 불평들을 털어놨다. 하지만 집 안에 마스크를 쌓아 놓고 사는 동민이에게는 남의 나라 얘기였다.

동민이는 아파트 단지를 나오면서 핸드폰을 꺼냈다. 3월이라 아주 쌀쌀하지는 않았지만 살짝 추운 정도라 입김을 불어서 손을 녹이고 현욱이에게 카톡을 보냈다.

– 어디셈.

– 집에 짱 박혀 있는 중.

– 야! 가끔 나와서 햇볕도 쬐고 그래야지.

– 엄마가 집 밖에 나가지 말래. 호원동에 확진자 나왔잖

아.

- 그래도 학교 안 가고 좋잖아.

- 염병, 난 학교 가는 게 더 좋겠어. 맨날 엄마, 아빠랑 있
  으니까 숨 막혀.

- 엄마, 아빠가 너 때문에 숨 막힐지도 모르잖아.

- 그럴 틈 없어. 삼십 분마다 싸우거든.

카톡으로 투덜거리는 현욱이 글을 읽으며 걷던 동민이
는 아파트 단지 정문에서 벌어지는 소동에 걸음을 멈췄다.

리어카를 끌고 안으로 들어오려는 할아버지를 경비원
이 두 팔을 벌린 채 제지하는 중이었다.

"할아버지! 마스크 쓰고 들어오시라고 했잖아요."

"아이, 나도 쓰고 싶은데 도통 구할 수가 있어야지. 한
번만 봐줘. 내일은 꼭 쓰고 올게."

"안 돼요. 지금 입주민 대표가 눈이 벌게져서 마스크 안
쓴 사람들 보이면 경비원들 뭐 하냐고 생난리를 친다고요.
돌아가세요."

"아이고, 하루 벌어서 하루 먹고 사는데 알 만한 사람이
왜 이래?"

리어카를 끄는 할아버지가 옆으로 돌아가려고 하자 경

비원이 옆 걸음으로 막아섰다.

"저도 딸린 식구가 한둘이 아니라서요. 죄송합니다."

경비원과 리어카 할아버지의 실랑이를 심드렁하게 지켜 보던 동민이는 두 사람 앞을 지나가면서 보란 듯이 마스크 를 끌어 올렸다. 그리고 정문 앞 횡단보도에서 다시 카톡을 보냈다.

- 요즘 문 여는 PC방 중에 괜찮은 데 없냐?

- 게임하게?

- 만나서 롤 한판 할까?

- 배그가 낫지 않아?

- 롤 하고 나서 배그하면 되지. 그러니까 어디가 좋으냐고?

잠시 후 현욱이에게서 답이 왔다.

- 용현동 쪽에 새로 생긴 데 괜찮아.

- 어디?

- 미미분식 맞은편 이 층, 거기부터 사 층까지가 다 PC방 이야.

- 라면 맛있어?

- 거긴 짜파구리가 끝내줘. 오백 원 더 내면 계란 프라이
  도 올려준다니까.

- 오케이. 거기서 보자.

- 나, 줌으로 강의 들어야 해.

- 언제부터 공부를 그렇게 열심히 했다고?

- 아빠가 휴직 중이라서 내내 옆에 있다고 했잖아.

- 그래서 못 나와?

- 눈치는 좀 보겠지만 어려울 수도 있어.

- 배신자.

- 미안.

동민이는 얼굴을 찡그린 채 현욱이에게 짜증 난다는 모양의 이모티콘을 보냈다. 다른 친구들에게도 카톡을 보냈지만 비슷한 대답이 돌아왔다.

"혼자서 게임하기 싫은데."

잠깐 돌아갈까도 생각해 봤지만 고개를 저었다.

"내가 어떻게 탈출했는데, 그냥 돌아갈 수는 없지."

결국 현욱이가 소개해 준 PC방으로 혼자 가서 게임을 하기로 했다.

"여기서 용현동이면 살짝 먼데 어떡할까?"

택시를 탈까 생각해 봤지만 그러기에는 거리가 너무 짧았다. 그러면 기사 아저씨들이 엄청 짜증을 부렸기 때문이다. 버스를 탈까도 생각했지만 정거장이 이미 지나쳐 온 곳에 있었기 때문에 그냥 걸어가기로 했다.

핸드폰으로 위치를 확인하면서 걷던 동민이가 사거리에서 잠시 멈췄다.

"여기서 왼쪽으로 가면, 마트가 하나 나오고 그 옆길로 쭉 들어가면 된다, 이거지."

핸드폰을 보면서 가던 동민이는 뭔가와 부딪쳤다. 고개를 들자 짜증 나는 표정으로 마스크를 끌어 올리는 아저씨가 보였다.

속으로 '그럴 수도 있지.'라고 투덜거렸지만, 버르장머리 없다는 소리를 들을 것 같아 공손하게 고개를 숙였다.

"죄송합니다."

자기도 핸드폰을 들여다보고 있던 아저씨는 얼굴을 찡그린 채 동민이를 바라보기만 했다. 얼른 자리를 피하기 위해 다시 고개를 숙이고 옆으로 지나가던 동민이는 방금 부딪친 아저씨가 길게 늘어선 줄의 끝에 서 있다는 걸 알게 되었다.

줄을 따라간 시선이 멈춘 곳은 도로 구석에 있는 작은 약국이었다.

"뭐지?"

음식점이나 물건을 파는 곳이 아니라 약국 앞에 줄을 서 있다는 사실에 호기심이 생긴 동민이는 줄을 따라 약국 쪽으로 걸어갔다. 지치고 피곤한 눈빛을 마스크 위에 얹은 사람들이 무심하게 동민이를 바라봤다.

동민이는 약국 유리벽에 덕지덕지 붙어 있는 종이를 보고서야 왜 그렇게 줄을 길게 섰는지 깨달았다.

"아! 마스크 사려고 서 있는 줄이구나."

마스크가 귀한 줄 모르고 있던 동민이는 바깥에서 무슨 난리가 났는지를 간접적으로나마 깨달았다.

호기심을 해결한 동민이가 돌아서려는데 누군가 이름을 불렀다.

"동민아!"

동민이는 소리 난 곳을 찾아 두리번거렸다. 동민이가 찾지 못하자 길게 늘어선 줄 가운데에서 머리가 하나 옆으로 튀어나왔다.

마스크로 얼굴이 가려져 있어서 처음에는 긴가민가했는데 곧 누군지 알아차렸다.

"어? 미성이구나. 임미성."

"바, 반가워."

제멋대로 뻗은 머리와 구겨진 옷차림의 미성이는 피곤

하고 초조한 표정이었다. 키도 작고 체구도 큰 편이 아닌 데다가 말수도 적어서 눈에 띄는 친구는 아니었다. 초등학교 때 같은 반이었던 적이 있었고, 중학교도 같은 곳으로 진학했지만, 미성이와는 가까이 지낸 적이 한 번도 없었다. 경한시에서 가장 높고 비싼 아파트에 사는 동민이와 다세대 주택에 사는 미성이와는 공통점이 별로 없었던 탓이다.

하지만 오랜만에 외출해서 기분이 좋았던 동민이는 미성이에게 살갑게 말을 건넸다.

"여기서 뭐 해?"

"마스크 사려고."

"근데 왜 줄이 안 움직여?"

"마스크가 아직 안 왔대. 너는 마스크 어디서 샀어?"

오늘 처음 쓴 깨끗한 동민이의 KF-94 마스크를 부러운 눈으로 바라보는 미성이 마스크는 사용한 지 며칠 지난 것 같이 때가 꼬질꼬질하게 끼었고, 군데군데 얼룩 같은 것도 묻어 있었다.

동민이 시선을 느꼈는지 미성이가 손으로 마스크를 가린 채 물었다.

"넌 몇 반 됐어?"

"삼 반, 너는?"

"일 반."

"이번에도 같은 반은 아니네."

"그래도 같은 학교 다니잖아."

"그렇긴 하지."

"언제 개학할 거 같아?"

"이러다 여름 방학 때까지 쭉 가는 건 아닌지 모르겠어."

"설마, 그 전에 끝나겠지."

미성이는 말을 하면서도 뭔가 초조한 표정으로 동민이를 바라봤다.

잠깐 얘기하고 가려고 했던 동민이는 호기심을 느꼈다.

"할 말 있어?"

"그, 그게."

갑자기 몸을 꽈배기처럼 튼 미성이가 낮은 목소리로 말했다.

"나 화장실이 급한데 잠깐 자리 좀 지켜 줄래?"

"화장실이 어딘데?"

"저쪽 건물에. 금방 갔다 올게."

동민이가 미처 대답하기도 전에 미성이가 패스트푸드점이 있는 건물로 후다닥 뛰어갔다. 금방 가려고 했던 동민이는 할 수 없이 미성이가 떠난 자리를 지켰다. 하지만 뒤에 있던 아저씨가 한 걸음 앞으로 밀고 들어오는 바람에 어정정하게 낀 형태가 되고 말았다. 거기다 가장 싫어하는 담배 냄새를 뿜어내고 있어서 동민이는 저도 모르게 얼굴을 찌푸렸다.

속으로 투덜거리면서 둘러보는데 사람들이 계속 늘어 줄이 점점 길어졌다.

"난리구나, 난리."

고개를 절레절레 저은 동민이가 약국 쪽을 바라보는데 핸드폰 벨소리가 들렸다.

현욱이였다.

"왜?"

"아빠 나가신대!"

"진짜?"

"지금 옷 갈아입는다고 안방으로 들어가셨어. 아빠 나가시면 바로 나갈 수 있을 거 같아."

그때 뒤에서 담배 냄새를 풀풀 풍기던 아저씨가 짜증 난다고 중얼거렸다.

동민이는 괜히 시비가 붙을까 봐 옆으로 한 걸음 빠져나왔다.

"그래서 언제 올 수 있는데?"

"좀만 기다려 봐. 일단 아빠가 나가셔야지."

"그래, 알았어."

혼자가 아니라 둘이 놀 수 있다는 생각에 신이 난 동민이는 볼일 보고 온 미성이를 뒤늦게야 보고 눈인사를 건네면서 현욱이와의 통화를 마쳤다. 그런데 뒤에 서 있던 아저씨가 동민이가 빠져나온 자리를 메꾸고 있었다.

미성이가 자기 자리로 들어가려고 하자 아저씨가 인상을 썼다.

"새치기하지 마!"

"아까 제가 아저씨 앞에 서 있었잖아요."

"그건 아까고, 지금은 아니잖아."

아저씨가 눈을 치켜뜨자 미성이가 억울하다는 듯 펄펄 뛰었다.

"세 시간 동안 서 있었다고요! 그리고 제 친구에게 대신 서 달라고 부탁도 했단 말이에요!"

목소리를 높이자 뒤에 서 있던 사람들이 고개를 빼고 두 사람을 바라봤다.

아저씨가 어정쩡하게 서 있는 동민이를 손가락으로 가리켰다.

"쟤는 지금 저기 있잖아."

"잠깐 통화하느라고 그런 거잖아요."

"어쨌든 줄을 안 섰잖아. 나이도 어린 게 어디서 목소리를 높여! 버르장머리 없이."

아저씨가 성난 표정으로 목소리를 높이자 미성이는 주춤거렸다. 주변에 어른들이 많았지만 다들 무표정하게 바라보고만 있었다.

미성이가 거의 울 것 같은 표정으로 말했다.

"오늘 마스크 못 사면 안 된다고요!"

"그건 네 사정이고. 얼른 뒤로 가라."

아저씨 말에 미성이는 어쩔 줄 몰라 하면서 주변을 둘러봤다. 하지만 어른들은 모두 무표정하거나 딴청을 피우거나, 아저씨 말대로 뒤로 가라는 무언의 눈빛을 던졌다. 결국 어깨를 축 늘어뜨린 미성이가 당장이라도 울 것처럼 고개를 떨궜다.

동민이는 귀찮아질까 봐 얼른 사과했다.

"미성아, 미안해. 학교에서 보자."

원망에 가득 찬 미성이의 눈과 마주친 동민이는 뒷걸음질 치다가 얼른 돌아섰다. '아저씨가 짜증 내도 좀만 참고 있을걸.' 하는 후회가 밀려왔지만 고개를 젓고 PC방 쪽으로 서둘러 갔다.

현욱이 말대로 새로 오픈했다는 PC방은 엄청 깨끗했다. 게임 속 여자 캐릭터가 윙크하는 눈 옆에 손가락으로 V 자를 표시한 모습이 크게 그려진 포스터 안쪽으로 의자들과 PC들이 나란히 줄지어 있는 모습이 보였다. 한 층 전체를 사용하는 건지 아주 넓었고, 카운터 옆은 편의점처럼 꾸며져 있어서 과자랑 음료수를 살 수 있었다. 거기다 전체적으로 파란색 조명이 깔려 있어서 분위기가 꽤 그럴듯했다.

카운터로 간 동민이는 좋은 PC방을 알려 준 친구를 위해 예약했다.

"옆자리로 주세요."

"한 칸씩 떨어져 앉아야 해."

동민이가 카운터에 기대고 물었다.

"네? 그게 무슨 말이에요?"

이십 대 초반으로 보이는 직원이 몸을 슬쩍 뒤로 뺐다. 살짝 기분이 나빠진 동민이가 직원 손에 들린 카드와 영수증을 낚아챘다. 커다란 곡선 모니터와 옆 사람과 눈을 마주치지 않아도 되는 칸막이, 그리고 푹신한 의자에, 최신형 헤드셋까지 있었다.

의자에 앉아 헤드셋을 쓰자 실내조명이랑 똑같은 파란색 빛이 났다.

"우와! 짱인데."

의자에 앉아 키보드를 두드리면서 손을 푸는데 현욱이가 도착했다.

현욱이가 씩 웃었다.

"내 거까지 계산해 주다니, 착해졌네."

"원래 착했어."

"그럼, 얼마든지 착하다고 해 주지. 음료수는 내가 쏠게. 뭐 마실래?"

"보드카 마티니, 젓지 말고 흔들어서."

"골 때리네. 언제 적 제임스 본드를…… 쯧쯧."

현욱이가 콜라를 주문해 줬다. 엄마 때문에 집에서는 마시지 못한 탄산음료를 쭉 들이켠 동민이는 길게 트림을 했다. 둘이 같이 하기로 한 게임을 열고 캐릭터를 고르는데 문득 미성이가 떠올랐다.

콜라 캔을 마우스 옆에 내려놓은 동민이가 한참 캐릭터를 고르고 있는 현욱이에게 슬쩍 말을 건넸다.

"오다가 미성이 봤어."

"임미성? 어디서?"

"약국 앞에서, 마스크 사려고 줄 서 있더라."

자신이 줄을 제대로 서지 못해서 미성이가 엄청 뒤로 가야 했다는 사실은 쏙 빼놓았다.

현욱이가 헤드셋을 고쳐 쓰면서 혀를 찼다.

"그렇겠지."

"왜?"

"걔, 엄마랑 할머니랑 살아. 엄마는 식당 일 하시는데 몸이 좀 안 좋고, 할머니는 치매 기운이 있고."

동민이는 미성이의 사연을 줄줄 읊어 대는 친구가 살짝 얄미웠다.

"넌 어떻게 그렇게 잘 아냐?"

"우리 엄마가 통장을 좀 오래했잖아. 그래서 지금도 동네 소식들은 빠삭해."

"그래서 마스크를 사러 나온 건가?"

"걔밖에 없잖아. 엄마는 일 나갔을 거고, 할머니는 집 밖으로 나오지 못하니까."

현욱이 얘기를 들은 동민이는 아저씨와 말싸움을 벌이던 미성이를 떠올렸다. 아저씨 말대로 버르장머리가 없어서가 아니라 절박했기 때문이라는 생각이 들었다. 낮은 목소리로 욕설을 내뱉은 동민이는 모니터를 바라봤다. 총을 든 캐릭터들이 보였지만 이미 의욕이 떨어진 상태였다. 얼른 고르라는 현욱이 재촉에 대충 아무거나 골랐다.

"짜식, 새로운 걸로 나한테 도전하겠다, 이거지?"

동민이는 아무 대답도 하지 못하고 모니터를 응시했다.

그사이, 맵을 고른 현욱이가 말했다.

"자, 이제 죽음의 전장으로 가 볼까?"

그 후, 한 시간 정도 헤드셋으로 총소리와 비명 소리를 들어가면서 게임을 했지만, 동민이 마음은 여전히 가라앉아 있었다. 자기가 무성의하게 줄을 서는 바람에 가족들에게 꼭 필요한 마스크를 사지 못하게 된 미성이가 자꾸 떠오른 것이다. 그 바람에 게임이 계속 흐트러져서 킬을 따내지 못했다. 이겼다고 좋아하는 현욱이를 보면서도 화가 나지 않았다.

현욱이도 이상하다고 느꼈는지 헤드셋을 벗고 동민이를 바라봤다.

"야! 실력 발휘 좀 해 봐. 지금 나 봐주는 거야?"

"게임이나 해, 인마."

"이렇게 하면 재미가 없으니까 그렇지."

현욱이가 툴툴거리는데도 자꾸만 미성이가 떠올랐다.

견디다 못한 동민이는 결국 헤드셋을 벗고 일어났다.

"나, 간다."

"삐졌어?"

뭐라고 설명할 방법을 찾지 못한 동민이는 짜증을 냈다.

"그런 거 아니야! 아무튼 간다고."

파란 조명이 깔린 복도를 지나 PC방 밖으로 나온 동민이는 계단을 내려와 미성이와 만났던 약국 쪽으로 발길을 옮겼다. 가는 내내 뭐라고 사과해야 할지 고민하던 동민이 눈에 약국 앞에 선 줄이 들어왔다. 그동안 전혀 줄지 않은 것 같았다. 주르륵 서 있는 사람들 중에서 미성이를 찾는 중에 줄이 조금씩 앞으로 움직였다. 고개를 돌려 약국 문 쪽을 보니 한 명씩 들어가고 나오고 있었다.

검정 비닐봉지를 손에 들고 나온 사람들 표정은 하늘이 라도 날 것처럼 환희에 차 보였다.

"마스크가 왔나 보네."

한 걸음씩 앞으로 나아가는 사람들 사이에 지친 표정의 미성이가 보였다. 나이 든 어른처럼 구부정하게 서 있는 미 성이를 보니 가슴이 아팠다. 그때, 주머니 속에 넣어 둔 핸 드폰이 갑자기 울리는 바람에 화들짝 놀랐다.

엄마였다.

"어디야? 아들."

"거리 다니면서 영상 찍고 있어요."

"사람들 많지 않아?"

"네. 별로 없고, 다 마스크 쓰고 다니고 있어요."

"그래도 엄마는 동민이가 빨리 들어왔으면 좋겠는데?"

"집이에요? 저녁 먹고 들어온다면서요?"

"엄마 친구들이 다들 무섭다고 일찍 헤어지자고 해서. 그냥 차만 마시고 들어왔어."

"아빠는요?"

"야근이란다. 딴 회사는 재택근무하라고 하는데, 그놈

의 회사는 오히려 야근을 시키니."

엄마가 혀를 찼지만 아빠랑 같이 있는 걸 그다지 좋아
하지 않는다는 걸 알고 있는 동민이는 그다지 감흥을 느끼
지 않았다.

엄마가 물었다.

"그래서 언제 들어올 거야?"

"지금 한창 촬영 중이에요. 끝날 때쯤 연락할게요."

동민이는 서둘러 전화를 끊고 머뭇거리면서 미성이에게
다가갔다. 인기척을 느낀 미성이가 고개를 돌리자 동민이
는 저도 모르게 한 발자국 뒤로 물러났다. 화를 낼지 모른
다는 두려움 때문이었다.

하지만 미성이는 지친 얼굴로 환한 웃음을 지었다.

"동민아!"

"어, 미안하다고 얘기하려고 왔어."

"아까?"

동민이가 대답 대신 고개를 끄덕거리자 미성이가 씩 웃
었다.

"아니야. 내가 아저씨한테 제대로 얘기하고 갔어야 했는
데, 볼일이 너무 급해서 그만……."

"그래도."

"괜찮아. 좀 전에 마스크 와서 사람들이 들어가고 있으

니까 나도 곧 살 수 있을 거야."

활짝 웃은 미성이 얼굴을 보고도 동민이의 미안한 마음은 가시지 않았다. 그러는 사이 계속 줄이 줄어들었다.

안도의 한숨을 쉰 동민이는 미성이와 같이 움직이면서 이런저런 말을 건넸다.

"왜 네가 사러 온 거야? 보통 어른들이 사잖아."

"엄마는 일을 나가셔야 하고, 할머니는 편찮으셔서."

현욱이 말이 대충 맞아떨어지는 것 같았다.

동민이는 조심스럽게 물었다.

"아빠는?"

"나 초등학교 입학할 때 돌아가셨어. 암으로."

"그랬구나. 우리 아빠는 맨날 일하느라 집에 잘 안 들어와."

"무슨 일 하시는데?"

"선박 설계. 큰 배를 만든대."

"우리 아빠는 회사 다녔어. 건설 회사."

만나기 전까지는 무슨 말을 할까 걱정이었는데, 막상 얘기를 나눠 보니까 집안 얘기부터 학교 얘기까지 할 얘기들이 너무 많았다. 이야기를 나누는 중에도 줄은 계속 줄었다. 하지만 미성이를 쫓아냈던 아저씨 몇 명 앞에서 갑자기 줄이 멈췄다.

어떤 아주머니가 발을 동동 구르면서 나와 억울하다는 표정으로 몇 번이고 약국을 돌아보았다.

"하필 내 앞에서 딱 끝날 게 뭐람."

줄을 섰던 사람들이 술렁거렸다.

"무슨 일이지?"

고개를 뺀 미성이가 약국 쪽을 보며 중얼거리자 동민이가 얼른 나섰다.

"내가 가서 알아보고 올게."

줄을 따라서 약국 쪽으로 다가간 동민이는 밖으로 나온 약사 아저씨가 사람들에게 하는 얘기에 귀를 기울였다.

"오늘 팔 마스크 다 떨어졌습니다."

"아니, 벌써요? 몇 시간 동안 줄을 섰는데 다 팔렸다고 하면 어쩌라고!"

미성이를 쫓아냈던 아저씨가 목소리를 높이자 몇 명이 동조하는 표정으로 고개를 끄덕거렸다.

뿔테 안경을 쓴 젊은 약사 아저씨가 어깨를 으쓱거리며 대꾸했다.

"다 팔린 걸 어떡하라고요?"

"빼놓은 거 있을 거 아니야! 그거라도 좀 팔아!"

"전산으로 처리되는 거라 빼놓고 자시고 할 게 없어요."

"이제까지 기다렸는데 떨어졌다니. 그럼 우리는 어떡하

라고!"

아저씨가 삿대질까지 하며 화를 내자 약사 아저씨가 피곤한 표정으로 대꾸했다.

"자꾸 반말하지 마세요."

"거짓말하는 거지. 약국 안에 숨겨 둔 거 다 알아!"

"무슨 허튼소리예요? 자꾸 그러면 경찰에 신고할 겁니다."

"그래! 신고해라! 나도 마스크 빼돌렸다고 신고할 거야!"

아저씨가 주머니에서 핸드폰을 꺼내 전화 거는 시늉을 하자 약사 아저씨가 고개를 절레절레 저으며 돌아섰다.

"꼰대 같으니라고……."

아저씨가 주먹을 불끈 쥐며 소리쳤다.

"야! 너 지금 뭐라고 했어! 마스크나 파는 주제에 뭐가 어쩌고 어째?"

아저씨가 화를 내면서 마스크를 내리자 약사 아저씨는 얼른 약국 안으로 들어갔다. 일이 커질 것 같아지자 주변 사람들이 뜯어말리는 가운데, 약사 아저씨가 다시 밖으로 나와 재빨리 셔터를 내려 버렸다. 거기까지 본 동민이는 어깨를 늘어뜨린 채 돌아섰다.

고개를 빼고 지켜보던 미성이가 물었다.

"마스크 없대?"

"응, 다 팔렸대."

동민이 대답을 들은 주변의 어른들이 하나같이 짜증을 냈다. 미성이도 땅이 꺼져라 한숨을 푹 쉬었다.

동민이는 안절부절못했다.

"미안, 나 때문에."

미성이가 약국을 바라보면서 말했다.

"아니야. 내 자리 차지한 저 아저씨도 못 샀잖아."

미성이를 쫓아내고 약사 아저씨에게 시비를 건 아저씨는 다시 계단을 올라가 약국 셔터에 발길질을 하는 중이었다. 그러고도 분이 풀리지 않았는지 두 손으로 셔터를 잡고 욕설을 퍼부으며 흔들어 댔다. 그러다가 멀리서 경찰차 사이렌 소리가 들리자 화들짝 놀라 허둥지둥 계단을 내려오다 넘어지고 말았다. 그 광경을 본 동민이는 배꼽을 잡고 웃었고, 미성이도 미소를 지었다. 넘어진 아저씨는 벌떡 일어나더니 절뚝거리며 어디론가 사라졌다.

아저씨가 없어지고 나서 줄 서 있던 어른들도 하나둘씩 흩어졌다. 그때서야 미성이가 다리가 아픈지 무릎을 주먹으로 쳤다.

동민이가 주변을 두리번거렸다.

"어디 앉을래?"

"괜찮아. 그나저나 오늘 마스크 못 사면 큰일 나는데."

"왜?"

걱정스러운 표정의 미성이가 셔터가 내려진 약국을 보며 대답했다.

"엄마가 일 나갈 때, 마스크를 꼭 쓰고 가야 하거든."

"집에 마스크 없어?"

"있긴 한데 KF-94가 아니라서 안 된대. 하나 남은 거 계속 쓰셨는데 어제 끈이 끊어졌어. 그리고 할머니도 병원에 가야 하는데 마스크를 안 쓰면 들여보내 주지 않거든."

말을 잇지 못한 미성이가 얼굴을 찡그렸다. 주변을 살펴보던 동민이는 셔터가 내려진 약국 앞 계단으로 미성이를 데리고 갔다. 괜찮다고 하던 미성이는 막상 계단에 앉자마자 한숨부터 쉬었다.

동민이는 길 건너편에 편의점이 있는 걸 보고 미성이에게 말했다.

"마실 거 사 올게. 여기 있어."

"괜찮은데."

"금방 올게."

길을 건넌 동민이는 편의점에서 생수 두 병을 사 가지고 돌아왔다. 그리고 뚜껑을 따서 건네줬다.

미성이가 물을 벌컥벌컥 들이켜고는 손등으로 턱을 훔

쳤다.

"고마워."

"아니야. 이제 어쩌지?"

"다른 약국에 가 볼까?"

미성이 말에 동민이가 고개를 저었다.

"다른 데도 마찬가지일 거야."

"어쩌지?"

땅이 꺼져라 한숨 쉬는 미성이를 본 동민이는 문득 좋은 생각이 떠올랐다.

'엄마한테 마스크 몇 장 달라고 하면 되겠다!'

핸드폰을 꺼내려고 주머니에 손을 넣던 동민이는 움찔했다. 엄마랑 통화하는 걸 들으면 혹시나 미성이가 자존심에 상처를 입을지도 모른다는 생각이 들었기 때문이다. 마침 약국 옆에 있는 주차장이 눈에 들어왔다.

동민이는 주머니에서 전화기를 꺼내며 말했다.

"잠깐 저기서 통화 좀 하고 올게."

"그래."

주차장 쪽으로 들어간 동민이는 세워져 있는 자동차 사이를 지나 건물 뒤로 돌아가 약국 뒷문 가까이에서 엄마에게 전화를 걸었다.

신호가 울리자마자 엄마의 쾌활한 목소리가 들렸다.

"아들, 지금 들어오는 거야?"

"어, 그런데 부탁이 있어요."

"무슨 부탁?"

"친구를 만났는데 마스크가 없대요. 우리 집에 있는 마스크 몇 장만 주면 안 돼요?"

엄마의 목소리가 한 옥타브 올라갔다.

"뭐라고? 너 제정신이니?"

그게 뭘 뜻하는지 잘 알고 있었지만 동민이는 전화를 끊지 않고 애원했다.

"사정이 너무 안 좋은 친구예요. 우리 집에는 마스크 많잖아요."

"아빠가 그걸 어떻게 구해 왔는데 남한테 줘!"

"남이 아니라 친구라고요, 친구."

"그게 남이지 뭐니? 중학생이 되었으면 철 좀 들어라. 헛소리 그만하고 얼른 들어와."

발끈한 동민이가 핸드폰에 대고 말했다.

"친구랑 마스크 구한 다음에 들어갈 거예요."

"요즘 같은 때 어딜 돌아다닌다고 그래? 얼른 안 들어와?"

"싫어! 마스크 구할 때까지 안 들어갈 거야!"

잽싸게 전화를 끊은 동민이는 핸드폰을 무음으로 만들

어 버렸다. 엄마한테 혼나는 게 무섭긴 했지만, 미성이를 모른 체할 수는 없었다. 특히 마스크를 살 사람이 자기밖에 없다는 얘기를 듣고는 가슴이 먹먹했다. 동민이는 마스크뿐 아니라 부족한 게 없었는데, 미성이는 마스크 한 장을 구하지 못해 쩔쩔매고 있는 것이다. 어떻게든 도와주고 싶은 마음에 그 누구보다 무서운 엄마에게 반항까지 했지만, 어디서 마스크를 구할지 막막했다.

'이제 미성이는 마스크 없이 일주일을 지내야 할 거야.'

동민이가 어찌할 바를 모르고 서성거리는데 약국 뒷문이 열렸다.

그리고 흰 가운을 벗은 약사 아저씨가 밖으로 나와 동민이에게 물었다.

"마스크가 필요하니?"

통화 내용을 엿들은 모양이었다.

"네. 제 친구가 꼭 필요하거든요."

"시내에서는 못 구할 거다."

"구할 데가 없을까요?"

주차되어 있는 차로 다가가서 운전석 문을 연 약사 아저씨가 고개를 돌려 동민이를 보았다.

"경한읍에 있는 약국에는 남았을지도 모르겠다."

"어디요?"

"경한읍. 저기 사거리 쇼핑센터 정거장에서 271번 타. 그 버스 종점이 바로 경한읍이야. 종점 바로 건너편에 약국이 있을 거야."

"거기 가면 마스크를 살 수 있을까요?"

약사 아저씨가 어깨를 으쓱했다.

"모르지. 아까 마스크를 가져다준 아저씨가 여기 다음에 거기 간다고 했거든. 거긴 시골이라 여기처럼 사람들이 많지 않을 거야."

동민이가 고개를 꾸벅 숙였다.

"고맙습니다."

"통화하는 거 보니까 너, 의리 있더라. 꼭 마스크 구하길 바란다."

"네!"

동민이는 주차장에서 나가는 차를 향해 꾸벅 인사를 했다. 그리고 미성이에게 뛰어갔다.

주차장에서 돌아온 동민이 얘기를 들은 미성이는 긴가 민가하며 고개를 갸웃했다.

"정말 있을까?"

"어차피 다른 곳에서는 구할 수 없잖아."

동민이 말에 미성이가 한숨을 쉬며 고개를 끄덕거렸다.

"하긴. 같이 가 줄래?"

"당연하지."

"고마워."

활짝 웃은 미성이에게 동민이가 말했다.

"정거장으로 가자. 271번 타면 된다고 했어."

사거리에 있는 쇼핑센터 앞 정거장에는 버스들이 줄줄이 와서 멈췄다가 승객을 태우고 출발했다. 경한시와 외곽을 연결하는 버스들이 많아서 그런지 할아버지와 할머니가 많이 보였다. 정거장에 도착한 두 아이는 잠시 기다리다 271번 버스를 탔다.

동민이가 버스 카드를 찍으며 바로 뒤에 오는 미성이에게 말했다.

"뒤쪽에 빈자리 있다."

두 아이가 나란히 비어 있는 두 자리를 채우자 버스가 출발했다. 버스는 몇 명이 서 있을 정도였고, 대부분은 할아버지와 할머니, 혹은 나이 많은 아저씨와 아주머니였다. 간혹 가방을 메고 이어폰을 낀, 대학생으로 보이는 형들이 몇 명 보였다. 버스 기사 아저씨가 크게 틀어 놓은 라디오 덕분에 가는 내내 코로나 바이러스에 관한 뉴스 속보를 들어야만 했다. 자가 격리 중인 누군가가 탈출했다가 붙잡혔다는 소식부터 확진자가 얼마나 발생했는지, 마스크 5부제

시간을 잇는 아이

시행으로 인해서 무슨 일이 있었는지 끝도 없이 쏟아져 나오는 이야기를 고스란히 들어야 했다.

동민이는 미성이 몰래 슬쩍 핸드폰을 봤다. 엄마에게 온 부재중 전화와 문자 들을 보고 한숨을 쉬면서 핸드폰을 주머니에 넣고 창밖을 바라봤다. 그리고 미성이와 이런저런 얘기를 나누었다. 미성이는 의외로 아는 게 많았다.

동민이가 물었다.

"넌, 어쩌면 그렇게 아는 게 많아?"

"엄마가 책을 많이 사 주시거든."

"그래? 우리 엄마도 책을 많이 사 주시는데, 난 잘 안 읽게 되던데."

"핸드폰이랑 컴퓨터 없는 곳에서 보면 잘 읽혀."

동민이가 고개를 끄덕거렸다.

"그런 방법이 있었네."

"우리 집 놀러 오면 책 구경시켜 줄게."

"알았어."

이야기를 나누는 사이 버스의 창밖 풍경이 달라졌다. 서울을 그대로 옮겨 놓은 것같이 빌딩들이 숲을 이루고, 넓은 도로에 차들이 쉴 새 없이 오가는 시내를 벗어나자 빌딩 대신 비닐하우스가 보이고, 도로도 좁아졌다. 자동차 대신 경운기나 트랙터 같은 것들이 더 많이 다녔고, 오가는 사람들도 줄어들었다. 라디오는 여전히 크게 들리는 중이었다. 버스 안을 돌아본 동민이가 미성이에게 뭔가 물어보려는 순간, 갑자기 버스가 급정거를 했다.

동민이가 앞자리 등받이에 살짝 턱을 부딪혔다.

"아!"

"괜찮아?"

동민이가 고개를 끄덕거리며 버스 기사 아저씨를 째려봤다. 그때 앞문이 열리면서 아저씨 한 명이 탔는데 마스크를 쓰지 않은 상태였다.

버스 기사 아저씨가 큰 소리로 말했다.

"마스크 쓰셔야 해요!"

"알았어."

아저씨는 술에 취한 듯 비틀거리며 중간에 있는 빈자리에 앉았다.

미성이가 속삭였다.

"저 아저씨가 갑자기 뛰쳐나오는 바람에 버스가 급정거했나 봐."

"우리 보고는 늘 위험하다고 하지 말라더니 정작 어른은 아무렇지도 않게 저런 짓을 하네."

둘이 속삭이며 얘기를 주고받는 사이에도 아저씨는 마

스크를 쓰지 않았다. 고개를 뒤로 젖힌 채 크게 트림을 하는 바람에 앞에 서 있던 누나가 뒷걸음질을 쳤다. 결국, 아저씨 뒷자리에 앉은 안경 쓴 형이 머뭇거리다가 말을 건넸다. 잘 들리지는 않았지만 마스크를 써 달라고 하는 것 같았다.

아저씨가 고개를 돌려 형을 째려봤다.

"내가 알아서 한다니까!"

형이 뭔가 말을 더 하려는데 아저씨가 손가락으로 형을 가리켰다.

"너 몇 살이야?"

형은 그냥 미안하다고 하면서 자리에서 일어났다. 그러자 주변에 있던 승객들이 모두 아저씨를 외면하고 거리를 뒀다.

아저씨는 승객들을 돌아보면서 투덜거렸다.

"염병할, 세상이 왜 이 모양이 된 거야."

아저씨가 계속 마스크를 쓰지 않고 주변 승객들에게 시비를 걸자, 보다 못한 기사 아저씨가 버스를 세웠다.

그리고 운전석에서 일어나 아저씨에게 다가갔다.

"얼른 마스크 쓰세요."

"그냥 가! 나 저 앞에서 내릴 거야."

"마스크 쓰시라고요. 다른 승객들 불편해하는 거 안 보여요?"

"내가 뭘 잘못했다고 나한테 이러는데? 나 코로나 안 걸렸어!"

말이 끝나기 무섭게 아저씨가 크게 콜록거리는 바람에 기사 아저씨가 인상을 찡그리면서 뒤로 물러났다.

다리를 쩍 벌린 아저씨가 계속 콜록거리면서 말했다.

"아이고, 이놈의 기침 때문에 못 살겠네."

"기침하실 때는 팔꿈치로 가리고 하셔야죠. 그렇게 하시면 어떡해요?"

"아! 왜 나보고 이래라 저래라야! 버스 기사면 버스 운전이나 잘하란 말이야!"

아저씨가 버럭 소리를 지르자 버스 안 분위기가 순식간에 얼어붙었다.

손을 옆구리에 댄 채 지켜보던 기사 아저씨가 뒷문을 가리키며 말했다.

"내리세요."

"뭐라고?"

"마스크를 쓰고 얌전히 가시든지 여기서 내리시든지 하세요."

"이놈이 진짜!"

앉아 있던 아저씨가 와락 소리를 지르며 일어났다.

시간을 잇는 아이

그러자 안경 쓴 형이 팔을 잡았다.

"아저씨! 왜 이러세요!"

"왜 이러긴. 이놈이 이렇게 시비를 거는데 가만있으라고? 너 몇 살이야! 몇 살이냐고!"

계속되는 아저씨 시비에 형이 고개를 저으며 기사 아저씨에게 말했다.

"저, 여기서 내릴게요."

운전석으로 돌아간 기사 아저씨가 한 손에 핸드폰을 들고 다른 손으로 레버를 당겼다. 그러자 뒷문이 열렸고, 형을 비롯해서 승객들이 줄줄이 내렸다.

지켜보던 동민이가 미성이에게 물었다.

"우리도 내릴까?"

"얼마나 더 가야 하는데?"

동민이가 창문에 붙은 노선도를 보는데 아저씨가 기사 아저씨에게 삿대질을 했다.

"왜 안 가고 여기서 이러는 거야? 확 경찰에 신고한다!"

"안 그래도 제가 신고하는 중이니까 기다리세요."

기사 아저씨가 핸드폰을 든 채 응수하자 아저씨가 아예 바닥에 드러누워 버렸다.

"오라고 그래! 버스 기사가 말이야, 승객을 이렇게 무시해도 돼?"

기사 아저씨의 목소리가 더 높아졌다.

"요즘 세상이 어떤데 마스크도 안 쓰고 버스를 타요!"

바로 그때 동민이가 노선도에서 현재 위치를 찾았다.

"여기가 경한교 앞이야. 다음다음이 경한읍이고."

미성이가 버스 바닥에 드러누운 아저씨를 힐끔 보면서 대답했다.

"그럼 걸어갈까? 바로 출발할 거 같지는 않은데."

"그러자."

자리에서 일어난 두 아이는 활짝 열린 뒷문으로 내렸다.

먼저 내린 미성이가 동민이에게 말했다.

"나 때문에 걸어야 하네. 미안."

"내가 오자고 해서 온 건데 뭘. 어서 가자."

근처에 있는 다리에 경한읍으로 가는 화살표가 그려진 표지판이 보였다. 안도감을 느낀 두 아이는 다리 쪽으로 천천히 걸어갔다.

앞장서 걷던 동민이가 돌아서서 물었다.

"안 추워?"

미성이가 웃으며 고개를 저었다.

"이제 봄인데 뭘."

동민이는 고개를 들어 하늘을 바라봤다. 오후의 하늘이 약한 햇살을 드리우고 있었다. 동민이와 미성이는 경한읍 쪽으로 걸었다.

문득 동민이가 물었다.

"예전에는 이런 전염병이 없었을까?"

잠깐 생각하던 미성이가 대답했다.

"예전에도 비슷한 전염병이 돈 적이 있었어."

"어떤 병? 페스트?"

교과서에서 본 걸 기억해 낸 동민이가 물었지만 미성이는 고개를 저었다.

"무오년 독감."

"그건 또 뭐야?"

"정확하게는 스페인 독감이지."

"스페인에서 시작된 거야? 작년에 거기 갔었는데."

"아니, 사실은 다른 나라에서 시작된 독감이야."

"근데 왜 스페인 독감이라고 부르는 건데?"

"스페인 독감이 퍼진 게 1918년 즈음이었는데 그때 유럽에서는 제1차 세계 대전이 한창이라 독감에 대해서는 잘 보도하지 않았어. 다만 스페인은 전쟁에 참가하지 않아서 자유롭게 보도할 수 있었지. 그래서 사람들이 스페인에서 시작된 것으로 오해한 거야."

"아이고, 스페인은 억울하겠네."

미성이가 웃음을 지었다.

"그래서 스페인에서는 미국 독감이라고 부른대. 어쨌든 스페인 독감은 코로나 바이러스랑 비슷한 점이 많아."

"전염성이 높다는 거?"

미성이가 고개를 끄덕거렸다.

"제1차 세계 대전은 주로 유럽에서 벌어졌어. 그래서 미국이나 호주는 물론 아시아에서도 그곳으로 많이 갔지. 세계 곳곳에서 온 사람들이 한곳에 모이면서 스페인 독감이 퍼지기 시작한 거야."

얘기를 나누다 보니 어느덧 다리 앞이었다. 차들이 쌩쌩 다니고 있었지만 양쪽에 걸을 수 있는 인도가 있어서 그곳을 통해 건너갈 수 있었다. 새마을 깃발이 바람에 펄럭이는 다리는 바람이 쌩쌩 불어서 두 아이 모두 잠시 입을 다물고 걸음을 재촉해야 했다.

다리를 건넌 동민이와 미성이는 인도에 올라섰다. 고물상이 보였고, 그 뒤로는 기와집들이 보였다. 높은 빌딩과 아파트들이 다닥다닥 붙어 있는 경한시에 비하면 숨통이 트일 정도로 여유로워 보였다.

동민이가 중얼거렸다.

"완전 시골이네."

"그러게. 약국은 어디에 있대?"

"종점 앞에 있다고 했어. 이 길로 쭉 가 보자."

"그래."

목적지가 가까워졌다는 생각에 여유를 찾은 동민이는 호기심이 생겼다.

"아까 했던 얘기 더 해 줄 수 있어?"

"스페인 독감?"

"응."

미성이가 설명을 시작했다.

"1918년 초여름, 프랑스에 주둔하던 미군 병영에서 독감 환자가 나타나기 시작했는데, 특별한 증상이 없어서 별로 주목을 끌지는 못했고, 그해 8월 첫 사망자가 나오면서부터 급속하게 번졌어. 그리고 제1차 세계 대전에 참전했던 미군들이 돌아오면서 9월에는 미국에까지 전파되었지."

"돌아온 군인들은 멀쩡해서 온 거 아니야? 그런데 어떻게 퍼진 거야?"

미성이가 고개를 저었다.

"삼 일 동안 가볍게 감기 증상을 앓은 게 전부였어. 그냥 감기에 걸렸다가 자연적으로 치료된 줄 안 거야. 그래서 각자 고향으로 돌아갔지."

"맙소사. 지금이랑 똑같네."

"지금처럼 대형 여객기는 없었지만 배와 철도가 있어서 사람들이 그 전과는 비교할 수 없을 정도로 많이 왕래하고 접촉했어. 전염병이 전 세계적으로 퍼지기에 딱 좋은 조건이었던 셈이지. 당시에는 말이야."

"아이고야. 그래서 사망자는 얼마나 나온 거야?"

"몰라."

"뭐라고?"

미성이가 잠깐 생각하다가 대답했다.

"지금처럼 통계를 정확히 낼 수 있는 시대가 아니었던데다가 전쟁 직후였잖아. 내가 본 자료에서는 최소 천칠백만 명에서 최대 오천만 명까지 사망한 것으로 보고 있어."

"오천만 명이면 지금 우리나라 인구랑 맞먹는 수잖아."

미성이가 한숨을 쉬었다.

"그것도 다른 합병증으로 사망했을 수도 있는 환자들을 제외한 거니까 더 있을 수 있어. 천칠백만 명이라고 해도 제1차 세계 대전 사망자가 구백만 명이니까 어마어마하다고 할 수 있지."

"전쟁보다 병으로 더 많이 죽은 거네."

"예전부터 그랬어. 페스트나 콜레라 같은 게 퍼지면 손도 못 썼지. 스페인 독감이 퍼졌을 때는 의학이 발달했던 시기라 그나마 피해가 덜한 거였을지도 몰라. 구스타프 클림트나 에곤 실레 같은 화가들도 스페인 독감으로 세상을 떠났어."

"그때도 마스크 썼어?"

"응, 마스크를 쓰지 않으면 대중교통을 타지 못하게 한 것도 지금이랑 비슷해."

"이번이 처음이 아니었구나."

미성이가 고개를 끄덕였다.

"그리고 마지막도 아닐 거야."

어느덧 두 아이는 경한읍에 있는 버스 종점에 도착했다.

야트막한 담장 너머에 버스 수십 대가 나란히 서 있었다. 한쪽에서는 세차가 한창이었고, 다른 한쪽에서는 버스에서 빼낸 엔진을 손보는 중이었다. 경안운수라는 낡은 간판이 붙은 정문 옆에는 예전에 경한역이 있었던 장소라는 작은 표지석이 서 있었다.

버스들 중에서 익숙한 번호를 본 동민이가 중얼거렸다.

"경한시 버스들이 다 여기서 출발하나 봐."

부릉거리는 버스 소리를 듣던 동민이가 주변을 두리번거렸다.

"약사 아저씨 얘기로는 맞은편이라고 했는데?"

버스 종점 맞은편에는 아주 오래된 간판들이 줄줄이 붙은 상가들이 보였다. 경한시에서는 진즉이 사라져서 편의점으로 바뀐 슈퍼와 쌀가게도 보였고, 심지어는 공중전화까지 있었다.

하지만 어디에도 약국 간판은 보이지 않았다.

망연자실해진 동민이가 중얼거렸다.

"어떻게 된 거지?"

미성이가 앞장서며 말했다.

"가서 찾아보자."

이 차선 도로를 건넌 두 아이는 버스 종점 맞은편 간판들을 이리저리 살폈다.

동민이는 건물 모서리에 있는 슈퍼 간판을 보고는 걸음을 멈추고 힘없는 목소리로 미성이에게 말했다.

"여기야. 아니, 여기였었나 봐."

간판에는 하얀색 페인트칠이 되어 있었는데 붉은색으로 쓰인 글자 아래 희미하게 약국이라는 글씨가 보였다.

미성이가 말했다.

"약국이었던 곳에 슈퍼가 들어온 모양이네."

마스크를 살 수 있다는 생각에 버스를 타고 경한읍까지 왔는데 막상 약국은 온데간데없이 사라져 버리고 말았다.

낙담한 동민이가 넋이 나간 표정으로 중얼거렸다.

"분명히 있다고 했는데……."

"할 수 없지. 괜찮으니까 기운 내."

미성이는 여전히 쾌활한 목소리였지만 동민이는 좀처럼 힘이 나지 않았다.

"마스크 사려고 여기까지 왔는데……."

그때 건물 모서리에서 담배를 피우고 있던, 이십 대 초반으로 보이는 남자가 두 아이에게 다가왔다.

"야! 너희 마스크 사러 왔냐?"

짙은 담배 냄새가 가까워지자 동민이는 저도 모르게 눈살을 찌푸리며 뒤로 물러났다.

"그런데 약국이 없어졌네요."

머리를 올백으로 넘긴 남자가 슈퍼로 바뀐 간판을 보면서 대꾸했다.

"장사가 안 된다고 얼마 전에 약국 문을 닫았어. 그런데 마스크는 좀 있어."

마스크라는 얘기에 동민이 눈이 번쩍 뜨였다.

"저, 정말이요?"

"그렇다니까, 약국 주인이 우리 아버지였거든. 문 닫기 전에 받은 마스크가 집에 좀 있어서 눈치껏 팔고 있어."

"KF-94 맞아요?"

"맞아."

올백머리가 씩 웃으며 자기가 끼고 있는 마스크를 가리켰다.

"이거랑 같은 거야."

"어, 얼마나 있어요?"

"한 박스 정도. 다섯 개나 열 개씩 묶어서 팔고 있어."

"얼만데요?"

동민이 눈치를 슬쩍 살핀 올백머리가 말했다.

"원래는 다섯 장에 사만 원, 열 장에 칠만 원에 팔았는데 애들이니까 다섯 장에 삼만 오천 원에 줄게. 대신 현금이야."

"진짜요?"

"돈 주면 내가 집에 가서 가지고 올게. 바로 저기라 삼분도 안 걸려."

동민이가 주머니에서 지갑을 꺼내려고 하는데 미성이가 손목을 잡았다.

그리고 올백머리에게 물었다.

"진짜 마스크 있는 거 맞아요?"

"그럼! 내가 여기서 몇 장을 팔았는데."

"실물을 먼저 보여 주세요. 보고 나서 살게요."

미성이 말에 올백머리의 표정이 굳어졌다.

"싸가지 없이 어디다 대고."

"아저씨를 어떻게 믿고 돈부터 건네요."

"야! 내가 코 묻은 돈 뼹 뜯는 놈으로 보여?"

"미성아! 참아!"

동민이는 미성이를 뜯어말렸다. 이러다가 마스크를 팔

지 않는다고 하면 여기까지 온 게 물거품이 될까 무서웠기 때문이다.

결국 올백머리가 코웃음을 쳤다.

"안 팔아! 너희 말고도 찾아오는 사람들 많으니까."

"아저씨! 그러지 말고 마스크 파세요."

동민이가 애원했지만 바닥에 침을 뱉은 올백머리가 대꾸했다.

"안 판다니까."

어쩔 줄 몰라 하는데 슈퍼의 유리문이 드르륵 열리더니 할아버지가 나왔다. 낡은 점퍼에 여기저기 때가 묻은 새마을 모자를 쓴 차림이었는데 한 손에 등산용 지팡이를 쥐고 있었다.

할아버지가 올백머리를 보더니 혀를 찼다.

"이놈아! 또 사기를 치는 거야?"

올백머리가 뒷걸음질 치면서 대꾸했다.

"재수 없게 왜 또 나서요?"

"젊은 놈이 일해서 돈 벌 생각을 해야지 벌건 대낮에 사기나 치고 다니니까 그렇지!"

동민이는 미성이를 쳐다봤다. 미성이가 의심한 대로 마스크를 가지고 있지 않았던 것이다. 할아버지의 질타와 욕설을 들은 올백머리는 결국 두 손을 주머니에 찔러 넣고는 골목길 사이로 어슬렁거리면서 사라졌다.

올백머리의 뒷모습을 노려보던 할아버지가 혀를 찼다.

"언제나 정신을 차리려는지, 원……."

한숨을 돌린 동민이가 할아버지에게 다가갔다. 그러다가 할아버지가 사시라는 사실에 흠칫 놀랐다.

할아버지가 동민이에게 퉁명스럽게 말했다.

"사팔이 처음 봐?"

"죄, 죄송합니다."

"이 동네 애들은 아닌 거 같은데, 어디서 왔어?"

"경한시에서요."

"거기서 이 시골까지 왜?"

"마스크 사려고요. 거기서는 다 팔렸고, 여기 약국에 있을지 모른다고 해서 왔는데 약국이 없어져서 다른 약국 찾고 있었어요."

할아버지가 혀를 차며 등산용 지팡이로 슈퍼의 간판을 가리켰다.

"없어진 게 아니라 옮겼어."

"어디로요?"

할아버지가 다시 등산용 지팡이로 먼 곳을 가리켰다.

"저기 치킨집 옆 오르막길로 올라가다 보면 큰 나무가 있는 공터가 나와. 그 나무 왼쪽 길로 가면 빌라들이 있는데 거기 오른쪽 두 번째 빌라에 약국이 있어."

"왜 거기에 약국이 있는 건데요?"

"약국을 하는 김씨가 무릎이 아파서 여기까지 못 나와서 집 근처로 옮긴 거야."

"거기서 마스크 파나요?"

"지난주에 사긴 했지."

할아버지가 거세게 기침을 하는 바람에 두 아이는 뒷걸음질을 쳤다.

"고맙습니다!"

동민이는 얼른 돌아서서 치킨집을 찾았다. 아주 오래된 간판이 걸린 치킨집 옆으로 비스듬하게 올라가는 골목길이 보였다.

"저기다."

도로에 차들이 오가는 걸 살펴본 동민이가 앞장서서 건너자 미성이가 뒤따라오면서 말했다.

"정말 고마워."

"나 때문에 이렇게 된 건데 당연히 해야지. 그나저나 아까는 어떻게 거짓말인 줄 안 거야?"

"엄마가 돈부터 달라는 사람은 믿지 말라고 했거든."

동민이는 고개를 끄덕거렸다.

"하마터면 돈만 날릴 뻔했어."

"나도 마스크 살 돈은 있어. 근데 아까는 너무 비싸게 부르더라."

"필요하면 비싸도 사야지 어쩌겠어."

치킨집 옆의 골목길은 텔레비전에서 본, 옛날 다큐멘터리에 나오는 골목길이었다. 콘크리트 길 양옆으로 대문들이 주르륵 이어져 있는데 너무 좁아서 두 아이가 나란히 지나가기도 어려웠다. 그래도 대문 옆과 담장에 예쁜 꽃들이 피어 있어서 구경하느라 정신이 없었다.

동민이는 꽃에 코를 대고 향기를 맡았다.

"식물원에 가야 볼 수 있는 꽃들인데, 여기는 많이 피었네."

미성이가 맞장구를 쳤다.

"골목길이라 더 예쁜 거 같아."

좁은 골목길 끝에 어마어마하게 큰 나무가 보였다. 오층짜리 아파트 정도 높이의 나무는 사방으로 가지가 뻗어 주변에 있는 집들의 지붕 위까지 드리워졌다. 쇠파이프로 굵은 가지들을 지지해 놓을 정도였다.

미성이가 중얼거렸다.

"어마어마하네."

공터 전체가 나무가 만든 그림자로 뒤덮여 있었다. 난생처음 보는 커다란 나무를 잠시 구경한 두 아이는 할아버지가 얘기한 대로 왼쪽 길로 접어들었다. 붉은 벽돌로 지은 이삼 층의 빌라들과 단층의 옛날 양옥들이 늘어선 골목길은 치킨집 골목보다는 좀 더 넓었다.

골목길 중간에 하얀 바탕에 붉은 글자로 '경한약국'이라고 적힌 간판이 보였다.

"저기다!"

신이 난 동민이가 한걸음에 달려갔다.

하지만 약국 유리문은 닫혀 있었고, 외출 중이라는 종이쪽지가 붙어 있었다.

"에이, 뭐야."

실망한 동민이가 발을 동동 굴렀다.

뒤따라온 미성이가 유리문에 붙은 포스터와 종이들을 살펴보고는 동민이를 바라봤다.

"그래도 마스크 품절이라고는 안 붙어 있네. 그냥 약국 주인이 외출한 모양이야."

"그럼 기다려 볼까?"

미성이가 대답했다.

"우리, 큰 나무 아래 가서 잠깐 쉬자."

"그래."

두 아이는 왔던 골목길을 지나 나무가 있는 공터로 왔

다. 나무줄기 주변에 벽돌로 둥그렇게 화단 비슷하게 만들어 놔서 앉을 수 있었다.

한숨을 돌린 동민이는 옆에 앉아서 이마의 땀을 훔치는 미성이를 바라봤다.

"스페인 독감 얘기 더 해 주라."

"스페인 독감은 우리나라에도 퍼졌어."

뜻밖의 얘기에 동민이는 크게 놀랐다.

"진짜?"

"무오년 독감이라는 얘기 들어 봤어?"

동민이가 고개를 절레절레 저었다.

1918
무오년 독감

경성으로

'삐익!'

쇠바퀴가 철로와 마찰을 일으키는 소리와 함께 귀가 찢어질 것 같은 기적 소리가 울렸다. 경한역사 안 벤치에 앉아 있던 화진은 읽고 있던 책을 가방에 넣고 일어났다. 창밖으로 검은 기관차가 서서히 역으로 들어오는 게 보였다. 승강장으로 나가는 통로에 채워져 있던 쇠사슬이 걷어지고 잿빛 제복을 입은 역무원이 그 옆에 섰다. 커다란 보따리를 머리에 인 땅딸막한 아주머니부터 검정색 교복과 교모를 쓴 학생, 금테 안경에 나팔바지 차림의 젊은 남자가 차례대로 나갔다. 화진은 맨 나중에 나갔다. 검정색 치마에 흰색 저고리 차림의 화진을 본 역무원이 위아래를 재빨리 살펴본 후 표를 건네받았다.

"이화학당 다녀?"

"네."

조선인으로 보이는 역무원의 표정은 부러움과 질투심으로 가득했다.

"우리 딸도 공부 잘하는데."

넋두리처럼 중얼거린 역무원이 뜯은 표를 건네받은 화진은 아무 대답도 하지 못하고 고개만 숙였다. 눈에 띄는 교복은 항상 여러 생각이 담긴 시선을 받았다. 방금 전의 역무원처럼 부러움과 질투 어린 시선도 있었고, 젊은 처자가 방정맞게 얼굴을 내놓고 싸돌아다닌다는 차가운 시선도 적지 않았다. 그런 시선에는 익숙해질 대로 익숙해졌지만 마음 한구석이 불편한 건 여전했다. 그나마 얼마 전까지는 붉은색 치마저고리라서 더 심하게 눈에 띄었다. 화진이 알기로는 경한읍 유일의 이화학당 학생이 바로 자신이었다. 진사 출신의 할아버지는 펄쩍 뛰면서 반대했지만 어릴 때부터 신학문에 관심이 많았던 아버지가 고집을 부린 덕분에 혼인을 미루고 이화학당에 입학할 수 있었다.

이런저런 생각을 하며 승강장을 걸어간 화진은 멈춰 선 열차에 올랐다. 1899년 경인철도가 처음 운행되었다. 천지가 진동하는 소리와 굴뚝에서 검은 연기를 내뿜는 기차는 조선과 바깥세상을 연결했다. 자기 마을과 이웃 마을이 세상의 전부였던 대부분의 조선 사람들에게는 온 세상이 뒤바뀐 것 같은 충격을 안겨 주었다.

손에 쥔 차표를 만지작거리며 열차 복도를 걷던 화진이 쓴웃음을 지으며 중얼거렸다.

"여기에서는 상놈이랑 양반 구분이 필요 없지."

열차에서는 오직 요금으로만 승객을 판단했다. 돈을 많이 내면 푹신한 시트가 있는 특등석에 앉아서 갈 수 있고, 돈이 없으면 엉덩이가 견디기 힘든 딱딱한 의자에 앉아서 가야 했다. 초창기에는 양반이 열차 시간을 못 맞출 것 같으면 하인을 보내 열차를 붙잡아 두라고 시켰다. 하지만 역무원들은 들은 척도 하지 않고 제시간에 열차를 출발시켰다. 뒤늦게 기차역에 도착한 양반은 수염을 파르르 떨면서 고얀 것들이 괘씸하다고 펄펄 뛰었다. 그렇게 화를 내던 양반도 결국 제시간에 맞춰서 나오게 되었다. 세상이 바뀌었다는 걸 알아차린 것이다.

차표에 적힌 번호의 자리를 찾아 앉은 화진은 창틀에 팔을 괴고 바깥을 바라봤다. 한복 바지에 셔츠를 입은, 열 살이 조금 넘은 듯한 소년이 통로 쪽에 앉아서 뒤쪽을 힐끔거리고 있었다.

여름 방학을 맞이해서 돌아온 집안 분위기는 많이 뒤

숭숭했다. 아버지는 쌀값이 많이 올라서 걱정하는 눈치였다. 늦둥이 남동생은 농사꾼이 쌀값 오르면 좋은 거 아니냐고 했다가 꾸지람을 들었다.

"이놈아! 문밖에 사람이 굶어 죽어 가고 있는데 우리 곳간이 찬다고 좋아해야겠냐?"

혀를 찬 아버지는 조끼에서 담배를 꺼내며 학교로 올라가겠다고 인사드리러 간 화진에게 물었다.

"올해 몇 살이지?"

똑똑한 아버지가 딸의 나이를 모를 리 없었지만, 화진은 조심스럽게 대답했다.

"열여섯이요."

아버지는 서안 구석에 놓인 성냥 통에서 성냥 하나를 꺼내 불을 붙였다. 손을 흔들어서 성냥불을 끈 아버지가 담배를 한 모금 빠는 동안 화진은 가슴이 조마조마했다. 학교 동무들 중에 방학 때 고향에 내려갔다가 못 올라오는 경우가 종종 있었다. 집안에서 정해 둔 남자와 혼인하면서 학교에 돌아오지 못하게 된 것이었다. 화진도 아버지가 시집가라는 말을 할까 봐 가슴이 두근거렸다.

그때 아버지가 연기를 내뿜으며 말했다.

"경성 올라가면 조심해라."

안도한 화진이 조심스럽게 물었다.

"뭘 조심하라는 말씀이세요?"

"〈매일신보〉를 보니 구주유럽에서 서반아 감기스페인 독감라는 게 맹위를 떨치고 있다는구나. 경성은 사람이 많고 왕래도 잦은 편이니 필시 유행이 돌 수도 있을 거야."

혹시나 그걸 빌미 삼아 학교로 가지 말고 혼인을 하라고 하지 않을지 걱정한 화진이 대수롭지 않은 듯이 대꾸했다.

"심하기야 하겠어요?"

담배를 입에 문 아버지가 중얼거렸다.

"그래도 모를 일이지."

"구주에서 여기가 얼마나 먼데요."

"예전에야 그렇지만 증기 기관차랑 증기선이 다녀서 오가는 사람들이 많아졌어. 올 초에 중국에서 페스트가 유행할 때에도 거기랑 연결되는 철도를 차단하느라고 난리 법석을 부리지 않았느냐. 조심해서 나쁠 건 없으니까 경성에 올라가거든 당분간 기숙사에서 나오지 말거라."

다행히 결혼하라는 얘기는 아니어서 속으로 안도의 한숨을 쉰 화진은 고개를 숙였다.

"네, 아버지."

그렇게 아슬아슬하게 줄타기를 하면서 다니고 있는 학교도 내후년에는 졸업이었다. 아무리 아버지라고 해도 그때에는 혼인을 시키려고 할 거고, 그럼 평생 집 안에 틀어 박혀서 아이 낳고 살림만 하면서 살아야만 했다. 다른 학생들은 그게 운명이라고 받아들이는 눈치였지만 화진은 그러고 싶지 않았다.

'갇혀 살고 싶지 않아.'

그래서인지 창밖으로 흘러가는 바깥 풍경을 놓치고 싶지 않았다. 화진은 창틀에 턱을 괴고 무심히 흘러가는 풍경을 바라봤다. 경한읍을 벗어나자 9월의 수더분한 햇살 아래 고개를 숙여 가는 벼들이 보였다. 기차가 곡선으로 된 선로를 달리는지 마찰음과 함께 몸이 약간 기울어졌다. 그렇게 하염없이 창밖을 바라보는데 뒤쪽 문이 드르륵 열리면서 검은색 제복 차림의 검침원이 들어섰다. 한 손에 구멍 뚫는 펀치 기계를 든 검침원이 승객들에게 열차표를 보여 달라고 요구했다. 승무원이 다가오자 화진은 가방에 넣어 둔 열차표를 꺼내서 보여 줬다. 검침원은 펀치로 구멍을 뚫고는 돌려줬다.

그리고 옆에 앉아 있는 소년에게 손을 내밀었다.

"표!"

그러자 소년은 천연덕스럽게 화진을 바라봤다.

"내 표."

어이가 없어진 화진이 말끝을 잇지 못했다.

시간을 잇는 아이

"무슨……."

"누나가 잘 보관한다고 가져갔잖아."

소년의 능청스러움에 화진은 할 말을 잊었다.

듣고 있던 검침원이 화진을 소년의 누나로 생각하고 무뚝뚝하게 말했다.

"표가 없으면 벌금을 내야 해."

어이가 없어진 화진은 잠시 소년을 바라봤다. 소년은 딴청을 피우고 있었다.

화진은 한숨을 쉬면서 승무원에게 말했다.

"죄송해요. 표를 잊어버렸어요. 돈으로 낼게요."

검침원이 투덜거렸다.

"원래 규정상 이러면 안 되는데……."

검침원이 새로 표를 끊어 주고 앞쪽으로 사라지자 소년은 팔짱 끼고 두 눈을 감으면서 툭 한마디 던졌다.

"고마워."

화진은 소년을 흘깃 바라보았다. 아이와 소년 그 어느 사이쯤 되어 보이는데 능청스럽기가 어른 못지않았다. 잠깐의 해프닝을 겪은 화진은 다시 열차 밖 풍경을 바라봤다.

푸르고 푸르던 산은 조금씩 민둥산이 되어 가고 있었다. 그래도 빠르게 지나가는 풍경에 저절로 넋을 잃고 바라보게 되는 것이 신기했다.

어느덧 경성 풍경이 눈에 들어왔다. 일본식 가옥과 서양식 건물들이 있는 용산을 지나자 열차가 차츰 속도를 줄이기 시작했다. 멀리 남대문 정거장^{서울역}의 야트막한 지붕이 보이자 화진은 일어날 준비를 했다. 성격 급한 승객들은 이미 짐을 챙겨서 통로로 나왔다.

화진도 짐을 챙겨서 내릴 준비를 하는데, 내내 눈을 감고 있던 소년이 눈을 떴다.

"돈. 나중에 갚는다."

던지듯 툭 내뱉은 소년이 일어나서 사람들을 헤치고 통로 너머로 사라졌다.

화진이 중얼거렸다.

"내가 누군지도 모르면서 어떻게 갚겠다는 거야?"

나무로 지어진 남대문 정거장 앞에는 손님을 기다리는 인력거꾼과 수레꾼 들이 가득했다. 경성에서 최근 하나둘씩 모습을 드러낸 택시들도 조금 보였다. 정거장 앞 벌판에는 마치 장승처럼 커다란 전신주가 나란히 서 있었는데, 그 옆에는 쇠로 만든 광고탑이 우뚝 서 있었다. 방금 화진이 타고 온 열차에서 내린 승객들이 남대문 정거장을 나와 사방으로 흩어졌다. 무거운 슈트케이스를 들고 오느라 힘이 들었던 화진은 잠깐 내려놓고 쉬었다. 옆으로 스쳐 지나가는 남자 승객 한 명이 마치 토하는 것처럼 거친 기침을 내뱉었다. 놀란 화진은 저도 모르게 옷고름으로 입을 가렸다.

전차를 타기 위해 큰길로 나가려던 화진은 분위기가 심상치 않은 걸 느꼈다. 말을 탄 기마 순사들이 평소보다 많이 진을 치고 있었는데, 하나같이 마스크를 쓰고 있었다. 거기다 전차 타는 곳에도 순사들이 지나가는 사람들을 쳐다보는 중이었다. 그러다가 아까 화진을 스쳐 지나가면서 기침을 하던 남자를 보더니 소리를 질렀다. 움찔한 남자가 걸음을 멈추자 긴 칼을 찬 순사가 다가가서 팔을 잡고는 어디론가 끌고 갔다.

멍하니 서서 그 광경을 지켜보던 화진이 옆에 선 아주머니에게 물었다.

"무슨 일이에요?"

"악성 독감인가 뭔가가 퍼지는 걸 막는다고 저 난리지 뭐냐."

"악성 독감이요? 서반아 감기 말씀이신가요?"

"그런 것 같아. 이달 초부터 매일 순사들이 집집마다 들이닥쳐서 환자를 찾는다고 난리 법석을 피우고 있다니까."

"환자를 찾아요?"

"악성 독감에 걸리면 격리해서 치료해야 한다고 이상한 곳으로 끌고 가거나 주사 맞는 비용을 내라고 달달 볶아 대거든."

얼굴을 찌푸린 아주머니가 눈으로 기마 순사들을 쫓으면서 말을 이어 갔다.

"쌀값은 하늘 높은 줄 모르고 올라가는데, 이상한 병까지 퍼지니 어찌 살라는 건지 모르겠네."

여름 방학 내내 경성 소식을 전혀 듣지 못했던 화진이 조심스럽게 물었다.

"요즘 경성은 어때요?"

아주머니는 위아래로 화진을 살펴보았다.

"보아하니 학생 같은데?"

"방학 때 집에 있다가 좀 전에 열차 타고 올라왔어요."

아주머니는 하소연할 대상을 찾았다고 생각했는지 대뜸 푸념을 늘어놨다.

"올 초보다 쌀값이 두 배나 올랐어. 쌀 한 가마니에 사십 원이라니, 가난한 사람은 굶어 죽으라는 얘기지 뭐야."

"신문에서는 구주에 전쟁이 나서 쌀값이 올랐다고 하던데요?"

"구주에서 큰 전쟁이 일어난 게 쌀값이 오르는 거랑 뭔 상관인지 모르겠다니까. 동생이 목포에 사는데 거기 항구로 매일 쌀들을 엄청나게 일본으로 실어 간대. 그러니 쌀값이 안 오르고 배겨?"

아주머니 말에 주변에 있던 다른 사람들 몇 명이 고개를 끄덕거렸다.

땅이 꺼져라 한숨을 쉰 아주머니의 한탄이 이어졌다.

"그것도 모자라서 순사들이 온 집 안을 들쑤시기까지 하니. 못살겠다니까, 진짜. 경술년에 합방인가 합병인가 되었을 때 잘살게 해 준다고 해서 혹시나 했더니 말짱 공염불이었네, 공염불."

성난 표정으로 얘기하던 아주머니는 총을 어깨에 멘 헌병 한 무리가 다가오자 입을 다물고는 서둘러 군중 사이로 사라졌다. 도로를 차지하고 호객하던 인력거꾼들도 슬금슬금 옆으로 물러났다. 화진은 그중 가까이 있는 인력거꾼을 손짓으로 불렀다.

옷고름이 떨어져서 가슴팍이 드러나 보이는 저고리에 두툼한 수건을 머리에 두른 인력거꾼이 잰걸음으로 다가왔다.

"어디까지 모실까요?"

"이화학당이요."

"알겠습니다요. 어서 타십시오."

인력거꾼은 다른 경쟁자들이 나타날까 봐 주변 눈치를 보면서 얼른 의자에 앉으라고 손짓했다. 의자에 앉은 화진은 인력거가 출발하자 차양을 쳤다. 주변 풍경 보는 걸 좋아하지만 심상치 않은 경성의 분위기를 느끼고 싶지 않았던 것이다.

한때, 조선의 임금이자 대한제국 황제였던 인물이 머물고 있는 덕수궁 옆 정동 골목으로 접어든 인력거는 야트막한 언덕길을 올라갔다. 인력거꾼의 씩씩거리는 숨소리가 차양 너머에서 들려왔다. 정동교회를 지나자 야트막한 이화학당 담장이 보였다. 삐걱거리며 달리던 인력거가 서서히 속도를 늦추다가 멈췄다. 완전히 멈춘 인력거의 차양을 걷은 화진은 담장 너머로 보이는 심슨홀을 보고 안도감을 느꼈다. 몇 년 전에 지어진 서양식 삼 층 건물인 심슨홀은 붉은 벽돌로 만들어졌고, 지붕은 날카롭고 뾰족해서 조선 사람들에게는 극히 낯설었다. 내부 구조 역시 한옥과는 달리 목욕탕과 화장실까지 모두 갖춰진 서양식이었다.

화진이 건넨 돈을 받은 인력거꾼도 심슨홀을 보고는 고개를 절레절레 저었다.

"너무 높아서 어지럽네, 어지러워."

슈트케이스를 들고 내린 화진은 교문 쪽으로 다가갔다. 그리고 심슨홀과 마주 보고 있는 옛 손탁호텔로 향했다. 한때 임금의 총애를 받은 손탁 여사가 운영하던 빈관이었다. 하지만 일본이 나라를 빼앗은 뒤, 호텔로 바뀌었다가 작년에 이화학당에서 거금을 들여 사들였다. 미리견[미국] 감리교회에서 모금한 돈을 이용한 것이다. 학생들 기숙사로 사용 중이라 화진 역시 그곳에서 지냈다. 한 방에 두 명씩 지내야 했는데, 그나마도 모자라서 기숙사에 들어오지 못하면 경성 시내에서 하숙을 해야 했다. 개학은 며칠 후였지만 집에 있기 애매했던 화진은 개학이 당겨졌다는 핑계를 대고 집을 떠난 것이다. 계단을 올라서서 문을 열자 삐걱거리는 소리와 함께 문이 열렸다. 눈앞에 이 층으로 올라가는 녹색 계단이 보였고, 좌우로는 방이 쭉 이어진 복도가 보였다. 화진은 오른쪽 복도 중간에 있는 자신의 방으로 가서 조심스럽게 문을 열었다.

마침 침대에 있는 이불을 개던 동급생 경선이 반갑게 맞이했다.

"화진아! 너도 일찍 왔네?"

"어, 너는 왜?"

경선이 이불을 손에 쥔 채 얼굴을 찌푸렸다.

"집에서 자꾸 시집가라고 해서 이번 학기는 마치고 싶다고 하고 뛰쳐나왔어. 아무래도 내년에는 못 다닐 거 같아."

풀이 죽은 경선에게 다가간 화진이 말없이 손을 잡았다. 경성 출신인 경선의 집안은 약국을 여러 개 하면서 제법 잘사는 집안이었지만 아버지의 반대가 심해서 어렵게 이화학당에 입학했다. 이화학당에는 경선처럼 힘들게 입학해서 한참 공부를 하다가 갑자기 안 보이는 동급생들이 있었다. 얼마 후에 시집을 갔다는 풍문이 들려오면 다들 한숨을 쉬며 창밖을 바라봤다.

잠깐 우울한 표정을 지었던 경선이 애써 웃었다.

"괜찮아. 남은 시간 잘 보내면 되지."

"그럼."

화진이 손을 맞잡고 대답하자 경선이 침대에 걸터앉으며 물었다.

"바깥 분위기는 어때?"

맞은편 자신이 쓰는 침대에 걸터앉은 화진이 대답했다.

"뒤숭숭하던데. 언제부터 그런 거야?"

"8월부터 갑자기 서반아 감기가 심해졌어."

"어디서 건너온 건데?"

"강계에서 처음 발병했다는 기사를 본 적 있어. 만주에서 넘어온 것 같긴 한데 일본에서 넘어왔다고 하는 사람도 있더라."

경선의 말을 들은 화진은 집을 떠나기 전에 아버지가 했던 말을 떠올렸다.

"그 병이 그렇게 무서워?"

"말도 마. 우리 동네에서도 여러 사람이 독감으로 쓰러졌어. 그중에서 다시 못 일어난 사람이 한둘이 아니야. 니네 동네는 괜찮아?"

경선의 물음에 화진은 고개를 끄덕거렸다.

"우리야 워낙 시골이니까."

"시골이라고 안심할 것 못 돼. 매신〈매일신보〉 보니까 충청도 예산이랑 홍성에서 엄청나게 많이 퍼졌대."

"남대문 정거장에 헌병이랑 순사들이 쫙 깔렸던데?"

"왜 그런 줄 아니?"

화진이 고개를 젓자 경선이 창밖을 보면서 대답했다.

"일본인들이 많이 사는 진고개 쪽으로 감기 환자들이 넘어오지 못하게 하려고 그러는 거래."

화진은 어이가 없었다.

"정말? 이 와중에도 조선 사람과 일본 사람을 차별하는 거야?"

경선이 고개를 끄덕거렸다.

"그뿐만이 아니야. 진고개랑 남촌에 사는 일본인들에게는 마스크하고 치료약을 엄청 뿌리고 있고, 총독부에서 보낸 청소부들이 매일 거리를 청소한다잖아."

화진이 조선 사람들이 많이 사는 곳을 물었다.

"종로랑 북촌은?"

경선은 얼굴을 찡그리며 고개를 저었다.

"코빼기도 안 보여."

"조선 사람들은 죽거나 말거나 상관없다는 거야?"

"모르겠어. 사실 우리 약국에서 흉흉한 소문들을 너무 많이 들어서 겁이 나서 일찍 기숙사로 온 거야. 여긴 그나마 오가는 사람들이 적잖아."

"그렇긴 하네."

"쌀값도 엄청나게 올라서 난리야. 그 일로 지난달 말에 종로가 발칵 뒤집혔었잖아."

화진이 호기심을 가득 담아 물었다.

"무슨 일인데?"

경선이 깊은 한숨과 함께 말했다.

"쌀값이 계속 올라서 사람들이 아우성을 치니까 총독부에서 구제회라는 단체를 만들었어."

"그게 뭔데?"

"염매소라는 걸 세워서 가난한 사람들에게 싼값에 쌀을 살 수 있게 해 주었지. 그런데 문제는 그렇게 파는 쌀의 양은 적고 파는 곳도 많지 않아서 구하기가 쉽지 않았어."

고향에서는 그나마 농사를 짓고 있어서 실감이 나지 않는 일이었다. 하지만 경성에서는 가난하면 쌀을 구할 수가 없었다.

시간을 잇는 아이

경선이 말을 이었다.

"종로소학교에 염매소를 열었거든. 그런데 낮에 쌀이 떨어지니까 종로경찰서 순사랑 순사 보조원이 사람들을 해산시키다가 할머니 한 명을 발로 걷어차서 죽였어."

"저런, 그래서?"

"난리가 났지. 흥분한 군중들이 순사 보조원들을 짓밟아서 반쯤 죽이고, 학교 유리창이랑 기물을 다 부쉈나 봐."

"순사들은 가만있었어?"

"가만있긴, 종로경찰서에서 순사들이 더 왔지. 그런데 사람들이 워낙 흥분해서 담장을 무너뜨리고 돌을 뽑아서 던졌대. 감당이 안 되니까 본정에서도 순사들이 오고, 용산에서 헌병들까지 와서 겨우 진압했나 봐. 종로경찰서에 잡혀 들어간 사람만 백 명이 넘었대."

"얼마나 먹고살기 힘들면 순사들한테까지 대들었을까?"

경선이 무거운 표정으로 말했다.

"그 와중에 서반아 감기까지 퍼졌으니……."

"그럴 만도 했네."

잠깐 대화가 끊기자 화진은 경선이 바라보는 창밖으로 눈을 돌렸다. 이화학당의 야트막한 담장 너머로 옛날 아라사^{러시아} 공사관의 정문이 보였다. 한때 일본의 손길을 피해

임금이 도망쳐서 머물렀을 정도로 기세등등했던 아라사는 일본과의 전쟁에서 패배하면서 모두 본국으로 돌아가고, 조선은 일본의 식민지가 되었다. 아라사는 그 후, 혁명이 일어나서 나라가 뒤집어지고 말아 지금은 한두 명의 관리인만 남아서 지키는 중이었다. 언덕 위에 하얀 건물과 거기에 딸린 전망대 같은 탑은 여전히 위풍당당했지만, 어쩐지 묘하게 을씨년스러운 것은 그것 때문일지도 몰랐다. 워낙 어린 시절이라 기억이 잘 나지 않지만 완고한 성격의 할아버지가 자결을 시도하면서 집안이 발칵 뒤집혔던 건 기억이 났다. 그리고 철이 들면서 나라가 없다는 게 어떤 서러움으로 돌아오는지 깨달았다.

경성에서는 일본인이 사는 진고개와 남촌이 뭐든 우선이었다. 가로등도 먼저 생기고, 전차 노선도 더 빨리, 많이 깔렸다. 길은 깔끔하게 포장되었고, 쓰레기도 금방금방 치웠다. 하지만 조선인들이 사는 청계천 북쪽의 북촌과 종로는 도로도 포장되지 않았고, 가로등과 전차도 나중에 생겼다. 일본인들이 많이 들어왔다고 해도 경성 사람들의 상당수는 조선인들이었다. 하지만 뭐든, 조선 사람들은 뒤로 밀려났다. 일본의 식민지가 된 지 십 년 가까이 되면서 사람들의 불만은 쌓여 갔다. 동등하게 대우해 주겠다는 약속이 지켜지지 않은 것이다.

화진이 흐릿하게 중얼거렸다.

"사람의 운명이나 나라의 운명이나 똑같네."

경선이 화제를 바꿨다.

"나 〈학지광〉學之光. 1914년 창간된 재일 조선인 유학생들이 만든 잡지 구했어."

화진이 물었다.

"언제 거?"

경선이 침대 베개 밑에 숨겨 뒀던 잡지를 꺼냈다.

"1914년 12월호. 나혜석이 '이상적 부인'이라는 제목으로 쓴 기사가 실려 있더라."

"진짜?"

경선은 대답 대신 잡지를 펼쳤다.

"읽어 볼래?"

"물론이지. 말로만 들었는데 진짜 보게 됐네."

잡지를 건네받은 화진은 또박또박 읽었다.

"남자는 남편이요, 아버지다. 좋은 남편이자 좋은 아버지가 되는 교육법은 아직도 듣지 못하였으니, 다만 여자에 한하여 부속처럼 따라붙은 교육이다. 정신 수양상으로 말하더라도 실로 재미없는 말이라. 현모양처는 반드시 따라야 할 이상도 아니고 반드시 가져야 할 것도 아니다. 여자를 노예로 만들기 위하여 아내와 어머니의 덕을 장려한 것이다."

나머지 내용들도 차분하게 읽은 화진이 감탄을 했다.

"어쩜 이렇게 맞는 말만 했을까?"

경선이 고개를 끄덕거렸다.

"우리가 여기서 배운 것도 그런 것들이잖아."

"그치. 놀랄 일은 아니야."

이화학당에서 보고 배운 것은 집에서나 바깥세상에 보고 배웠던 것과는 너무나 달랐다. 그래서 화진도 처음에 세상이 뒤집어진 것 같다고 경선에게 털어놓은 적이 있었다.

생각에 잠긴 화진에게 경선이 다른 잡지를 내밀었다.

"다른 것도 있어."

"작년 4월에 나온 거네."

목소리를 가다듬은 경선이 천천히 읽었다.

"우리 조선 여자도 이제는 그만 사람같이 좀 되어 봐야만 할 것이 아니오? 여자다운 여자가 되어야 할 때가 되었소. 미국 여자는 이성과 철학으로 아름다운 여자요, 프랑스 여자는 과학과 예술로 아름다운 여자요, 독일 여자는 용기와 노동으로 아름다운 여자요. 그런데 우리는 이제야 겨우 여자다운 여자의 제일보를 밟는다 하면 이 너무 늦지 않겠소? 우리의 비운은 너무 참혹합니다그려."

화진이 경선에게 물었다.

"조선의 여자는 무엇으로 아름다울 수 있을까?"

시간을 잇는 아이

경선이 창밖을 물끄러미 바라보면서 중얼거렸다.

"조선이 아름답지 못한데 하물며 여자들이야······."

경성은 전기가 들어오고 전차가 다니는 등 새로운 문물을 받아들였지만 아직도 온갖 차별이 존재하는 곳이다. 대부분의 여성은 차별당하고 있다는 것을 자각하지 못하고 가슴앓이를 하면서 살아가고 있다. 저마다 가슴속에 화병을 간직한 채로 딸에게, 손녀에게 '이것이 삶'이라고 자연스럽게 전하며 살았다. 화진과 경선같이 교육받은 일부의 여성들만 권리에 대해서 고심한다. 그리고 그 여성들조차 혁신적인 생각 앞에서는 망설이고 주저한다.

답답해진 화진이 경선에게 물었다.

"나혜석은 지금 뭐 하고 있을까?"

"일본 유학 마치고 귀국해서 교사를 하고 있대."

나혜석은 뛰어난 그림 실력과 여성에 대한 통찰력 외에도 여러 가지 소문이 있는 인물이었다. 폐결핵으로 죽은 첫사랑과 유부남인 춘원 이광수와의 염문, 그리고 새로운 남자 김우영과의 사랑으로 사람들 시선을 끌었다. 물론 대부분은 여성답지 못하다는 비난이었지만, 화진은 막연히 그녀의 삶이 그렇게 비난받을 일로만 가득 차지는 않았을 것이라고 생각했다.

"우리는 어떤 삶을 살게 될까?"

경선이 자신의 두 손을 내려다보며 한숨을 쉬었다.

"결혼해서 아이 낳고 남편 밥상 차려 주면서 지내겠지."

"그렇게 살고 싶지는 않아."

"그럼 어떻게 살 건데?"

화진은 몸을 돌려서 창밖을 바라봤다. 반쯤 가려진 커튼 사이로 늦여름 햇살이 일렁거렸다.

머뭇거리던 화진이 대답했다.

"김점동처럼 의사가 되고 싶었는데……."

이화학당의 네 번째 입학생인 김점동은 영어를 열심히 공부해서 남편과 함께 미국으로 유학을 떠났다. 그리고 우리나라 최초로 여성 의사가 되어 금의환향해서 이화학당에 있던 여성전문 병원인 보구여관에서 일했다. 이후 평양의 병원으로 자리를 옮긴 김점동은 당나귀를 타고 눈 쌓인 길을 다니면서 환자를 돌볼 정도로 헌신적으로 일을 하다 8년 전에 폐결핵으로 세상을 떠나고 말았다. 김점동의 삶은 이화학당의 선생님과 학생들 사이에서 전설처럼 전해져 오고 있다. 그래서 이화학당의 여학생들 중 상당수는 김점동처럼 의사가 되고 싶어 했다. 화진 역시 의사가 되고 싶다고 말하곤 했다. 하지만 진짜로 의사가 되고 싶은지는 의문이었다.

화진의 자신 없는 대답을 들은 경선이 다시 물었다.

"지금은 아니야? 그럼 작가가 될 거니?"

"작가?"

"너 글 쓰는 거 좋아하잖아. 요즘 시대를 글로 잘 남겨 놔야지. 후손을 위해서."

"요즘 시대라……."

"그래, 쌀값이 하늘 높은 줄 모르고 치솟아서 사람들이 얼마나 고통을 받았는지 남겨 놔. 그래야 다시 이런 시대를 안 겪지."

화진이 흘러가는 바람처럼 중얼거렸다.

"어디 쌀값뿐이겠어."

경선의 말대로 쌀값뿐 아니라 물가가 전체적으로 올랐다. 총독부가 실시한 토지 조사 사업은 기존의 소작농들에게는 날벼락 같은 일이었다. 할아버지 말로는 조선 시대에는 자기 땅이라고 해도 함부로 소작농을 쫓아내거나 바꿀 수 없었다.

왜냐는 화진의 물음에 할아버지는 그러면 천벌을 받는다고 짧게 대꾸했었다.

하지만 총독부는 토지 조사 사업으로 토지의 소유권만 인정하고, 소작농의 권리는 하나도 인정하지 않았다. 거기다 향교나 서원, 그리고 왕실 소유의 땅을 모두 동척이라고 불리는 동양척식주식회사에 넘겨주었다. 하루아침에 소작권을 빼앗긴 농민들은 가족과 함께 일거리를 찾아 경성으로 몰려왔다. 그들은 토막민 내지는 빈민이라고 불렸다.

소작권을 잃고 몸 하나 가지고 경성으로 온 사람들은 변두리나 다리 밑 등 불결한 환경에서 지내고 있었다. 그나마 운이 좋은 사람들은 움막을 짓고 지냈다. 그 와중에 세상은 사 년간의 전쟁이 막을 내리는 중이었다. 미리견이 가세하면서 힘을 낸 영길리영국와 불란서프랑스가 독일과 오지리오스트리아와의 전쟁에서 승기를 잡은 것이다. 하지만 그 와중에 수백만 명의 사람들이 죽거나 다쳤고, 서반아 감기라는 듣도 보도 못 한 전염병이 조선까지 마수를 뻗쳤다.

올 초에 미리견의 대통령 윌슨이 '14개조 평화 원칙'을 발표했다. 그중에 각각의 민족은 스스로 정치적 운명을 결정할 권리가 있으며, 다른 민족의 간섭을 받지 않는다는 '민족 자결주의'는 조선 사람들 사이에서 화제에 올랐다.

한숨을 쉰 화진이 중얼거렸다.

"이제 전쟁이 끝나 가고 있어. 전쟁이 끝나고 나면 조선에도 변화가 찾아올까?"

경선은 화진의 물음에 아무런 대답도 하지 못했다. 그저 9월의 야트막한 햇살이 비추는 창밖을 바라볼 뿐이었다.

기숙사에서

여름 방학 때 고향으로 내려갔던 동무들이 개학을 맞아 하나둘씩 돌아오면서 텅 비어 있던 기숙사는 순식간에 시끌벅적해졌다. 학생들은 오랫동안 닫혀 있던 방의 창문을 열어서 환기를 시키는 한편, 가져온 짐을 풀고, 고향 소식들도 풀어놨다. 가장 큰 화제는 역시 서반아 감기였다.

특히 충청도에서 올라온 동무들은 풀이 죽은 표정으로 고향에 퍼진 서반아 감기 소식을 전했다.

"우리 동네는 서반아 감기에 안 걸린 사람이 더 적어."

"하룻밤 사이에 몇 명이나 죽었는지 몰라."

"올 때 예산군을 지나왔는데 온통 초상집 분위기더라."

동무들 얘기를 들은 화진이 방으로 돌아와서 책상을

정리하고 있는 경선에게 말했다.

"지방도 난리가 났나 봐."

"경성도 심상치 않아. 헨리 선생님 말로는 독감이 아주 위험할 정도로 퍼질 거 같대."

이화학당은 올해는 보통과와 중등과, 고등과로 나눠져 있던 학과 과정을 이화여자보통학교와 이화여자고등보통학교로 바꾸는 것까지 더해지면서 더 어수선했다. 새 학기가 시작되고 가을에 접어들면서 서반아 감기는 수그러들기는커녕 맹렬하게 기세를 떨쳤다. 일부에서는 무오년 독감이라고도 불렀다. 서반아 감기보다는 훨씬 알아듣기 편해서 화진도 어느 순간부터는 무오년 독감이라고 불렀다.

수업이 끝나고 화진과 경선은 손탁호텔 뒤뜰이었던 곳을 함께 산책했다.

경선이 궁금한 표정으로 물었다.

"대체 어디서 왔을까?"

화진이 눈을 가늘게 뜨고 하늘을 보았다.

"시베리아 열차를 타고 왔거나, 아니면 미리견에서 배를 타고 온 선교사를 통해 건너왔겠지. 그게 아니면 구주나 미리견에서 온 일본인이 조선으로 넘어오면서 시작되었을지도 모르고. 분명한 건 수많은 사람을 쓰러뜨리고, 상당수를 다시 일어나지 못하게 만들었다는 거야."

시간을 잇는 아이

"헨리 선생님도 아프다면서?"

화진이 고개를 끄덕거렸다.

"어제부터 열이 많이 나서 숙소에 누워 계셔."

"이제 우리 학교에도 들어온 셈이네."

화진은 한숨을 쉬었다.

그때 기숙사 사감 선생님이 뒷문을 열고 얼굴을 들이밀었다.

"화진 학생!"

화진이 다가가자 사감 선생님이 정문 쪽을 가리켰다.

"누가 찾아왔어."

"누군데요?"

사감 선생님이 직접 가 보라는 듯 손짓을 했다.

화진은 복도를 지나 정문으로 다가갔다. 교문 옆에 키 큰 남자가 서 있었다. 감색 바지에 멜빵을 하고 도리우치라고 부르는 헌팅캡을 쓴 모습이 낯설었는데, 남자가 고개를 돌리자 대번에 누군지 알아차렸다.

화진은 반가운 마음에 얼른 이름을 불렀다.

"정혁 오라버니?"

같은 마을에 살던 정혁은 화진보다 네 살 위였다. 집이 가난해서 학교에 못 다니고 야학을 다녔지만 성격이 좋고, 키가 커서 화진을 비롯한 마을 여자아이들의 인기를 독차

지했다. 몇 년 전에 가족 모두 경성에서 일자리를 찾는다고 올라갔다는 소식을 들은 게 끝이었던 화진은 반가움에 살짝 웃으며 다가갔다.

정혁이 활짝 웃으며 입을 열었다.

"오랜만이네."

화진이 물었다.

"경성에 올라왔다는 소식을 듣긴 했는데 어떻게 지냈어요?"

주변을 슬쩍 살핀 정혁이 속삭이듯 대답했다.

"종로경찰서에서 순사 보조원으로 일하고 있어."

"정말이요?"

정혁이 도리우치를 살짝 들췄다.

"이리저리 알아봤는데 운이 좀 좋았어."

"다행이네요."

반가워하던 화진은 정혁이 입은 셔츠의 소매에 피가 묻어 있는 걸 보고는 소스라치게 놀랐다.

화진의 시선과 표정을 살핀 정혁이 얼른 셔츠 소매를 접었다.

"내 피 아니니까 걱정 마."

"그럼요?"

"경성전기회사 소속 전차 차장이랑 운전수들 피야."

“그 사람들 피가 왜 오라버니 소매에 묻어 있는 거예요?”

“어제부터 파업을 했거든.”

화진의 눈이 동그래졌다.

“파업이요?”

정혁이 고개를 끄덕였다.

“쌀값이 계속 올라서 먹고살기 힘들다면서 월급을 올려 주지 않으면 전차를 운행하지 않겠다고 했어.”

“그래서요?”

“회사에서는 시간을 두고 협상하자고 했는데, 차장이랑 운전수들은 빨리 대답하지 않으면 동맹 파업을 하겠다면서 용산 차고에 있던 전차들을 모두 동대문 차고로 옮긴 다음에 요구를 들어 달라고 했어.”

정혁의 설명을 듣던 화진의 표정이 점점 어두워졌다.

화진의 얼굴을 살핀 정혁이 한숨을 쉬면서 얘기를 이어 갔다.

“회사 측에서 운행을 강행하려고 하니까 차장하고 운전수들이 막아서 소동이 벌어졌어. 종로경찰서에 출동 명령이 떨어져서 따라갔다가…….”

“차장하고 운전수들은요?”

“처음에는 좀 흥분해서 몸싸움이 있었는데 곧 해산했

어. 회사 측에서 교섭에 성실하게 응하겠다고 했거든."

"오라버니……."

야학에 다니던 시절의 정혁을 떠올린 화진이 안타까운 눈으로 바라봤다.

정혁이 착잡한 표정으로 전보를 건넸다.

"이걸 전해 주러 왔어."

"무슨 전보예요?"

"너네 집에서 보낸 전보야."

전보를 건네받은 화진이 어리둥절한 표정을 지었다.

"이걸 왜 순사 보조, 아니 오라버니가 가져온 거예요?"

"경성 우체부들이 지방으로 많이 파견 가서 일손이 부족하거든."

"경성에서 지방으로? 왜요?"

"지방에 무오년 독감이 퍼져서 우체부들도 많이 앓고 있거든. 그래서 파견 갔는데 이제는 경성우체국 쪽에서 손이 딸리나 봐. 그래서 순사 보조원들이 전보를 돌리는 중이지. 마침 아는 이름이 있어서 들고 왔어."

"고마워요."

화진이 인사를 하고 돌아섰다. 처음 만났을 때의 반가움이 순사 보조원 일을 한다는 말을 듣고 차갑게 가라앉았다. 슬쩍 돌아보니 이미 돌아갔는지 정혁은 보이지 않았다.

시간을 잇는 아이

정문 문가에서 사감 선생님과 함께 지켜보던 경선이 다가왔다.

"저 잘생긴 오라버니는 누구야?"

"예전에 같은 동네 살던 오라버니야. 지금은 종로경찰서에서 순사 보조원으로 일한대."

경선이 혀를 찼다.

"저런, 멀쩡해 보이는데 어쩌다 순사 보조원 노릇을 하게 됐을까?"

화진이 무심하게 대꾸했다.

"돈이 필요했나 보지."

화진은 방으로 돌아와 봉투를 뜯어서 전보를 읽었다. 예상했던 대로 무오년 독감이 심해지고 있으니 고향으로 내려오라는 것이었다.

화진이 중얼거렸다.

"이번에 내려가면 혼인하라고 하겠지."

한숨을 쉰 화진은 옷걸이에 걸어 둔 숄을 어깨에 걸쳤다. 빨리 내려갈 뜻이 없다는 답장을 보내는 게 좋겠다는 생각이 든 것이다.

밖으로 나오자 사감 선생님과 얘기를 나누던 경선이 물었다.

"어디 가게?"

"경성우체국에 좀 갔다 올게. 집에 전보를 보내야 할 거 같아서."

"같이 갈까?"

화진은 웃으며 고개를 저었다.

하지만 경선은 사감 선생님의 눈치를 쓱 보고는 화진의 팔을 잡고 큰 소리로 말했다.

"세상이 뒤숭숭한데 처자 혼자 어디 가려고?"

사감 선생님이 경선의 손을 들어 주었다.

"둘이 같이 나갔다 와. 대신 마스크 쓰고 나가도록 하고."

"알겠습니다, 선생님."

며칠 전에 학생들이 모여서 마스크를 만든 것을 떠올린 화진이 고개를 끄덕거렸다. 그러자 경선이 잽싸게 방으로 가서 천으로 만든 마스크 두 개를 챙겨 가지고 나왔다.

화진이 마스크를 보며 중얼거렸다.

"이 갑갑한 걸 어떻게 쓰고 다니라고."

"병균이 옮아서 앓거나 죽는 것보다는 낫지. 코까지 잘 가려."

경선의 재촉에 마스크를 쓴 화진은 어깨에 걸친 숄을 추스르고는 교문을 나섰다.

뒤따라 나온 경선이 물었다.

"뭐 타고 갈 거야?"

"그냥 걸어갔다 오자."

"오는 길에 우리 본정통 구경할까?"

"그래서 따라 나온 거구나?"

경선이 배시시 웃었다.

"겸사겸사."

덕수궁의 높다란 담장을 끼고 정동길을 걸어 나오자 대한문이 보였다. 그 앞으로는 광화문과 용산역, 그리고 일본인들이 하세가와마치라고 부르고 조선 사람들은 장곡천정이라고 부르는 길이 사방으로 뻗어 있는 광장이 나왔다. 태평통이라는 이름이 붙은 거리는 제법 넓었지만 번화가라서 그런지 오가는 사람들도 많았고, 인력거와 수레, 그리고 간간이 자동차가 지나갔다. 아직 한옥들이 많았지만 일본식으로 지어진 집들도 적지 않았다. 도로 가장자리로는 나무로 만든 전봇대가 전화선과 전깃줄을 길게 이어 줬다. 대한문 맞은편에 있는 경성일보사 사옥 방향으로 건너간 화진과 경선은 조선호텔이 있는 쪽 길로 걸어갔다. 번화가 중의 번화가라서 항상 사람들로 북적거리는 곳이었지만, 이전보다는 사람들이 적어 보였다.

화진이 줄어든 인파를 보고 중얼거렸다.

"무오년 독감 때문인가?"

사람들이 적기는 조선호텔 쪽도 마찬가지였다. 드나드는 손님은 물론 그들을 태우려고 하는 인력거꾼들, 그리고 심심풀이로 구경하느라 기웃거리는 사람들로 가득했던 곳이 어깨를 부딪치지 않고도 지나갈 수 있는 정도였다. 웅장한 조선호텔 뒤뜰에는 대한제국의 환구단이 남아 있었다. 조선호텔이 있는 길 좌우는 벽돌과 대리석으로 만든 서양식 건축물들이 자리를 차지했다.

건물들을 두리번거리던 경선이 중얼거렸다.

"아무리 봐도 여긴 조선 같지가 않아."

건물이 만든 그늘 때문인지 10월 초의 날씨는 더욱더 쌀쌀하게 느껴졌다. 장곡천정 거리 끝에는 경성우체국 건물이 비스듬하게 서 있었다. 붉은색 벽돌과 흰색 석회암을 엇갈려 쌓았고, 지붕에는 우람한 돔까지 얹어져 있어서 멀리서도 한눈에 보였다.

경선이 살짝 웃었다.

"왜?"

경선이 손으로 입을 가리며 대답했다.

"저 우체국 말이야. 꼭 시루떡 같지 않아?"

"웬 시루떡?"

"빨간색 벽돌이랑 흰색 돌이 차곡차곡 쌓여 있는 게 꼭 시루떡처럼 보여서 말이야."

"너도 참."

그 얘기를 듣고 다시 보니 경선의 말대로 시루떡처럼 보이기는 했다.

가볍게 웃은 화진이 어깨에 걸친 숄을 추스르는 사이, 경선이 어깨를 살짝 쳤다.

"저기 사람들이 몰려 있어."

"어디?"

"저기 이 층 건물 간판 아래."

화강암으로 만들어서 마치 유럽의 성채같이 단단해 보이는 조선은행이 한쪽 모서리를 차지한 가운데 서양식으로 지은 이 층 건물들이 주르륵 서 있는 게 보였다. 사람들 왕래가 많아서 그런지 건물 앞에는 커다란 광고판들이 붙어 있었다. 고향에 있었다면 눈에 띄었겠지만 성채같이 생긴 조선은행과 웅장한 경성우체국 사이에 끼어 있어서 그런지 상대적으로 작아 보였다.

화진은 간판이 달린 이 층 건물을 바라봤다. 입구 쪽이 아니라 한쪽 벽에 사람들이 주르륵 모이는 중이었다.

호기심 많은 경선이 화진의 소매를 잡아끌었다.

"무슨 일인지 가 보자!"

"사람들 많은데 갔다가 독감 옮으면 어쩌려고."

"잠깐만 보고 가자."

화진은 마뜩지 않았지만, 경선이 잡아끄는 바람에 그쪽으로 향했다.

'잠깐인데 별일 있을라고.'

건물 담벼락 앞에는 벽보들을 붙이는, 나무로 만든 판자 같은 게 있었다. 거기에는 검열을 받았다는 빨간 도장이 찍힌 벽보들이 다닥다닥 붙어 있었다. 사람들을 헤치고 앞으로 나간 화진과 경선은 일본어와 조선어로 적힌 벽보들을 읽어 내려갔다. 사람들 표정이 그다지 좋지 않은 건 벽보에 적힌 내용 때문이었다.

경찰서에서 붙인 벽보였는데, 화진과 경선도 어이없기는 마찬가지였다.

"무오년 독감으로 죽은 시신은 매장하지 말고 화장을 하라고?"

화진이 벽보 내용을 보고 중얼거리자 경선이 어처구니가 없다는 표정을 지었다.

"조선 사람들은 죽으면 매장하는데?"

"아래를 봐. 시신을 처리하려면 경찰서나 헌병 파견소, 순사 주재소의 허가를 반드시 받아야 하고 그러지 않으면 처벌한다고 써 있어."

"이제 죽은 다음에까지 간섭하려고 하네."

화진과 경선이 얘기를 나누고 있는데 옆에 서 있던 할머니가 서글픈 표정을 지었다.

"우리 영감이 얼마 전에 감기로 고생하다가 갔는데, 썩을 놈들이 화장을 하라고 하지 뭐냐."

"정말이요?"

"그렇다니까. 그래서 선산에 묻게 해 달라고 했더니 무슨 취체 규칙 때문에 안 된다고, 공동묘지에 묻는 것까지는 허락한다고 해서 며칠 전에 거기에 묻었어."

할머니는 옷고름으로 눈물을 훔치며 긴 한숨을 쉬었다.

"불쌍한 우리 영감."

화진이 할머니 손을 잡았다.

"힘내세요."

자리를 떠나려는 화진의 소매를 경선이 잡아끌었다.

"아래 벽보 봤어?"

"아니."

화진이 경선이 가리킨 아래쪽 벽보를 보았다.

"'불온한 단체인 광복회와 광복단원에 관한 정보를 제공하는 자에게 거액의 현상금을 지급하고, 과거나 현재 광복단원인 경우에도 자수하면 일절 죄를 묻지 않으며, 군청이나 면사무소 등에 공무원으로 채용하겠다.' 이 와중에도 독립운동가는 잡아야겠다는 거네."

화진의 얘기를 들은 몇 명이 소리 없이 웃었다. 그중 젊은 남자 하나가 주변을 살펴보더니 벽보에 침을 뱉고 지나갔다. 화진과 경선은 흩어지는 사람들과 함께 발걸음을 옮겼다. 조선은행과 경성우체국, 경성부청과 남부경찰서가 서로 마주 보고 있는 듯한 광장은 태평로로 바뀐 육조거리와는 비교할 수 없을 정도로 넓었다. 전차가 지나가는 광장 한쪽에는 커다란 철탑이 세워져 있고, 일본어로 라무네^{사이}^{다상표}를 광고하는 글자가 매달려 있었다. 정동이나 태평통보다 일본인들이 더 많이 보였다.

광장을 지켜보던 경선이 말했다.

"여기가 바로 센킨마에히로바^{鮮銀前廣場}구나."

화진이 고쳐 말했다.

"선은전 광장이지."

경선이 답답한 표정을 지었다.

"땅은 조선 땅인데 온통 왜놈들뿐이네. 그래서 이상한 역병이 도는 걸까?"

화진이 주변을 돌아봤다.

"조선어를 알아듣는 일본인이 있을지도 몰라. 입조심해."

경선이 바로 고개를 끄덕거렸다.

"알겠어. 저기가 혼마치 입구인가 봐."

경선이 가리킨 곳은 경성우체국 바로 옆이었다. 아치 모양 철제 구조물이 있었는데 위쪽 가운데 일장기가 부채꼴 모양으로 붙어 있었고, 그 아래에는 일본인들이 혼마치라고 발음하는 本町^{본정}이라는 글자가 새겨져 있었다. 안쪽으로는 혼마치 거리가 쭉 이어져 있었는데 다른 곳과는 달리 꽃봉오리 모양의 가로등이 줄지어 서 있었고, 양복과 기모노 차림의 일본인들이 파도처럼 오갔다. 간판도 온통 일본어뿐이어서 조선인지 일본인지 헷갈릴 지경이었다. 두루마기를 입고 중절모를 쓴 한 무리의 조선 노인들이 지팡이를 짚고 그 앞에 서서 들어갈까 말까 고민하는 모습이 보였다.

경선이 시선을 떼지 않고 있는 것을 본 화진이 살포시 웃었다.

"들어가서 전보 보내고 나올 테니까 구경하고 있을래?"

"그래도 돼?"

"그럼. 대신 너무 멀리 가지 마."

"저 앞에 있을게."

경선이 손을 흔들며 혼마치 입구로 사라지자 화진은 경성우체국 입구로 들어섰다. 아치형으로 된 입구 앞에는 긴 칼을 찬 순사들이 오가는 사람들을 살펴보는 중이었다. 화진이 지나가는데 순사가 불러 세웠다. 옆에는 정혁처럼 도리우치를 쓰고 멜빵을 찬 조선인 순사 보조원이 보였다.

걸음을 멈춘 화진이 바라보자 순사 보조원이 물었다.

"어디서 오는 거야?"

"학당에서요. 이화학당."

"원래 살던 곳은?"

"경기도 경한읍이요."

화진의 대답을 들은 순사 보조원이 자신보다 키가 작은 순사를 내려다보며 일본어로 빠르게 말했다.

고개를 끄덕거린 순사가 뭐라고 말을 하자 순사 보조원이 화진을 위아래로 살펴보면서 말했다.

"지금 경성 시내에 독감이 퍼지고 있으니 가급적 외출을 삼가도록 해."

"네."

짧게 대답한 화진은 우체국 안으로 들어섰다. 묻지는 않았지만 조선인이 일본인들이 있는 곳을 얼쩡거리며 독감을 퍼뜨리지 말라는 뜻으로 비춰져서 속이 많이 상했다. 빈정이 상한 화진은 밖에서 기다리고 있던 경선의 손에 이끌려 본정통을 걸었다. 하지만 화려한 간판이나 멋진 거리의 모습은 하나도 눈에 들어오지 않았다. 이것저것 보기 싫어진 화진은 고개를 들어서 하늘을 올려다봤다. 푸른 가을 하늘이 시릴 정도로 아름다웠다.

대유행

무오년 독감은 11월에 접어들면서 맹위를 떨쳤다. 순사들이 감염자들 현황을 파악한다며 정동 거리를 다니면서 집집마다 살펴봤고, 환자들이 발견되면 강제로 병원으로 옮겼다. 학교에서도 어떻게 대처할지를 놓고 고민이 많은 것 같았다. 원래는 10월 말에 김장철이 되면 학교를 며칠 동안 쉬고 학생들이 김장을 했는데 올해는 아직 날짜조차 잡히지 않았다. 농사 수확기이기도 했는데 감염자와 사망자가 너무 많아서 수확하지 못한 벼들이 논에서 그대로 썩어 가는 중이었다.

이화학당에서는 수업 시간 일부를 조정해서 마스크 만드는 시간을 가졌다. 천을 잘라 재봉틀을 이용해서 만든 마스크는 학생들과 선생님이 사용하고, 남은 것은 경성의 빈민들에게 보내기로 했다. 화진은 아버지에게 받은 쓰개치마를 잘라서 마스크를 만들었다.

가위로 쓰개치마를 자르던 화진이 옆자리에서 가위질하는 경선에게 말했다.

"이러다가 평생 마스크 쓰고 살게 되는 거 아니야?"

"설마, 한두 달 지나면 없어지겠지."

경선은 어쩐지 자신이 없어 보였다.

화진이 한숨을 쉬었다.

"새로운 나라를 만든다고 들어왔지만 그들이 만들고 있는 나라에는 일본인밖에 없잖아. 조선 사람들은 어디에서도 보호받지 못하고, 찬밥 취급이나 받고."

경선이 조심스럽게 화진을 바라봤다.

"요즘 들어 그런 얘기 많이 하네. 여기는 괜찮지만 밖에서는 조심해."

"왜? 쥐도 새도 모르게 잡혀갈까 봐?"

경선은 걱정스러운 눈으로 화진을 보았다.

"잡혀가기만 하면 다행이게? 반병신이 되거나 죽어서 나오는 일도 허다해."

화진은 가위를 내려놓고 한숨을 쉬었다.

"어쩌다 이렇게 되었을까?"

아무도 대답해 주는 사람이 없었다. 할아버지는 재작년에 돌아가셨고, 아버지도 조심스러워했다. 〈매일신보〉나 〈경성일보〉는 일본어로 발행되거나 조선어로 발행해도 기자가 일본인인 경우가 많았다. 따라서 무오년 독감 관련 기사를 보면 조선인들이 차별받고 있다는 사실을 숨기거나 은근슬쩍 넘어가는 것이 대부분이었다. 이전에는 어렴풋하게 느꼈던 차별을 현실에서 뼈저리게 느끼게 하는 기사들이었다.

쉬는 시간이 되자 잠깐 방에 갔다 온다던 경선이 〈매일신보〉를 들고 왔다. 화진은 어릴 때부터 일본을 잘 알아야 한다는 아버지 덕분에 간단한 회화와 히라가나를 읽는 것이 가능했다.

화진이 〈매일신보〉를 펼치고 눈으로 읽은 다음 간단하게 설명해 줬다.

"남아미리가^{남아메리카}에서는 각 도시에서 수천 명씩 죽어서 아예 나라가 없어질 지경이라고 나와 있어."

"외국도 난리구나."

"원래 외국에서 시작된 거잖아."

"우리 소식은 없어?"

"잠깐만."

신문의 앞뒷면을 살펴보던 화진이 경선이 궁금해하는

기사를 찾았다.

"여기 있네. '미증유의 대참사 발생'. 경성에서도 하루에 백 명 넘게 사망하면서 총독부에서 촉각을 곤두세우고 있대."

"맨날 미증유의 대참사라고 호들갑 떨기만 하고 대책은 안 세우는 거야?"

경선이 투덜거리자 화진이 아래쪽 기사를 읽으며 쓴웃음을 지었다.

"여기 총독부 대처가 미흡한 것에 대한 변명을 길게 써 났네."

"뭐라는데?"

경선이 얼굴을 들이밀면서 묻자 화진이 신문을 펼친 채 천천히 내용을 읽어 줬다.

"일각에서는 총독부가 감염자와 사망자 숫자만 확인하는 등 안일하게 대처하고 있다며 비난한다. 총독부 역시 이 문제를 심각하게 생각하고 있지만 법적인 문제가 도사리고 있다."

경선이 화진의 말을 끊었다.

"법적인 문제?"

화진이 신문을 계속 읽어 내려갔다.

"독감은 전염병 예방법 제1조에서 규정한 법정 감염병

이 아니다. 현재 법정 감염병으로 지정된 것은 콜레라와 홍역, 장티푸스, 파라티푸스, 발진티푸스, 두창, 성홍열, 페스트, 디프테리아로 독감은 여기에 속하지 않는다. 따라서 환자를 파악하거나 경찰이 조사에 나설 만한 법적인 근거가 없는 상태다."

경선이 코웃음을 쳤다.

"지들이 언제부터 법대로 했다고."

"신문에서도 그걸 답답하게 생각하나 봐. '본정경찰서에서 독감을 막기 위해 호구 조사를 하고 있는데, 법으로 정한 전염병이 아니라서 강제적인 조사가 불가능한 건 물론이고 사전 예방 조치를 취하는 것도 불가능하다고만 한다. 사람들이 무수히 죽어 나가고 있는데 언제까지 법 운운 하면서 손을 놓고 있을 수는 없다. 필요하면 법을 제정해서라도 독감이 더 전파되는 걸 막아야 한다.'고 써 놨네."

"경성에서도 사람들이 많이 죽어 나가고 있는 거지?"

〈매일신보〉를 이리저리 살펴보던 화진이 대답했다.

"안 그래도 10월 1일부터 31일까지 종로구 관내에서 독감으로 사망한 사람들 통계가 나와 있네."

"얼마나?"

"내지인, 그러니까 일본인 환자는 대략 이천육백 명이고, 조선인 환자는 이만 사천 명으로 모두 이만 육천육백 명이었대. 그중에 사망자는 내지인 열 명, 조선인은 백삼십 팔 명이라네."

경선이 중얼거렸다.

"환자 수는 열 배가 안 되는데 죽은 사람 숫자는 열 배 가 너끈히 넘네."

화진이 〈매일신보〉를 접으면서 고개를 끄덕거렸다.

"일본인들이 사는 남촌에는 병원이 많아서 제대로 치료 받을 수 있잖아. 반면에 종로 쪽은 변변한 병원이 없지. 그 래서 경찰도 그냥 조사만 할 뿐이고."

경선이 맞장구를 쳤다.

"우리는 기껏 마스크나 만들고 있네."

둘이 얘기를 나누는데 교실 뒷문이 열리더니 해주 출신 동급생이 얼굴을 들이밀었다.

"사감 선생님이 찾으셔."

"어디에서?"

"사감실."

동급생이 사라지자 경선에게 신문을 돌려준 화진이 물 었다.

"왜 부르는 거지?"

"일단 가 보자."

심슨홀을 나온 두 사람은 기숙사로 향했다. 이 층 구석에 있는 사감실은 한때 손탁호텔 주인이었던 손탁 여사가 썼던 곳이라는 소문이 도는 곳이다. 서양식 예법대로 노크를 하고 들어가자 침대에 누워 있는 사감 선생님이 보였다.

문 쪽으로 고개를 돌린 사감 선생님이 힘없이 말했다.

"혹시 모르니까 더 가까이 오지 마라."

"선생님!"

놀란 화진이 바라보자 사감 선생님이 살짝 웃었다.

"며칠 전부터 어지럽고 열이 나더니 오늘은 꼼짝도 못하고 있어."

"약은 드셨어요?"

"그럼, 헨리 선생님이 진찰을 해 주셨어. 다른 게 아니라 부탁이 있어서 불렀어."

"무슨 부탁이요?"

사감 선생님이 기침을 하며 문 옆의 작은 서랍장을 가리켰다.

"거기 맨 위에 보면 봉투가 하나 있어. 홍계순 학생한테 온 거야."

"계순이는 지금 학교에 안 나오고 있잖아요."

"맞아. 감기 기운이 있다고 서촌 하숙집에 머물고 있는데 편지가 이곳으로 왔더구나. 내용을 보아하니 급한 거 같던데. 내가 가져다주려고 했는데 갑자기 이렇게 돼서. 너희

가 대신 전달해 주었으면 좋겠다."

서랍에서 편지를 꺼낸 화진이 고개를 끄덕거렸다.

"알겠어요. 선생님."

"헨리 선생님한테도 얘기해 놨으니까 조퇴하고 갔다 오너라. 가는 김에 학교에 오지 못한 학생들이 어떤지도 알아봐 줘. 봉투에서 차비랑 서촌 쪽에 사는 학생들 주소 적어놓은 쪽지도 챙기고. 맨 위가 계순이 하숙집 주소야."

"네."

봉투를 챙긴 화진이 인사를 하고 문을 닫으려는데, 사감 선생님이 말했다.

"환란과 병란이 함께 오고 있다. 우리 힘을 합쳐서 이 시련을 이겨 내자."

화진은 대답 대신 고개를 끄덕거리고는 조용히 문을 닫고 경선에게 물었다.

"같이 갈래?"

"그럼!"

날씨가 쌀쌀한 탓에 목도리는 물론 붉은색 남바위까지 쓴 화진과 경선이 길을 나섰다. 11월로 접어들면서 추위는 더욱 기승을 부렸다. 마스크를 쓰고, 여분까지 챙긴 두 사람은 태평통으로 나가서 전차를 탔다. 전차 안은 사이다를

시간을 잇는 아이

비롯한 각종 광고판으로 가득했다. 사람들을 태운 전차는 광화문으로 향했다. 원래는 광화문과 경복궁이 보여야 했지만 재작년부터 총독부 신축 공사를 하면서 앞이 가려진 상태였다. 갑자기 끝자리에 앉은 노인 한 명이 심하게 기침을 하자 주변에 있던 사람들이 질색하면서 자리를 피했다. 노인은 난감한 표정을 지으며 주변을 돌아봤지만, 사람들의 싸늘한 시선에 어찌할 바를 몰라했다.

화진이 가방에서 마스크를 꺼내서 다가갔다.

"할아버지, 이거 쓰세요."

고맙다는 말을 우물거린 할아버지가 마스크로 입을 가렸다. 전차에서 늘 들리던 잡담과 웃음소리는 들리지 않았다. 굳은 표정의 승객들이 누군가가 기침을 하지 않는지 이리저리 눈을 굴리는 모습만 보일 뿐이었다. 광화문 앞에서 왼쪽으로 꺾어진 전차는 영추문을 지나 북쪽으로 향했다.

창밖을 바라보고 있는 화진에게 경선이 말했다.

"이번이 통의동 정거장이야. 여기서 내려서 걸어가자."

"알았어."

땡땡거리는 소리와 함께 전차가 정거장에 멈췄다. 전차에서 내린 두 사람은 맞은편에서 오는 전차가 지나가기를 기다리며 한옥들로 가득한 통의동 거리를 바라보다가 전차가 지나가자 얼른 길을 건넜다.

앞장선 경선이 한옥 사이에 난 길로 접어들면서 화진에게 손짓했다.

"여기야."

"서촌에 와 본 적 있니?"

경선이 오르막길로 통하는 골목을 바라보며 대답했다.

"아버지 심부름으로 약 배달하러 몇 번 왔었어. 주소를 보니 벽수산장 끝자락인 거 같아."

"벽수산장은 또 뭐야?"

경선은 대답 대신 턱으로 인왕산 쪽을 가리켰다. 야트막한 한옥들 사이로 하늘을 찌를 기세로 치솟은 서양식 주택이 보였다.

"저게 벽수산장이야. 지붕이 뾰족하다고 해서 뾰족집이라고도 불러."

벽수산장을 본 화진은 입을 다물지 못했다.

"웬만한 궁궐보다 크네."

"그럼. 이만 평이 넘는다고 아버지가 그러셨어. 벽수산장 건물뿐 아니라 아흔아홉 칸이 넘는 한옥이랑 수백 평짜리 연못이랑 엄청 큰 정원이 있어. 인왕산 쪽에는 정자도 있는데 거기 올라가면 경성이 다 내려다보인대."

"대체 누가 지은 거야?"

"윤덕영이라고 순정효황후의 큰아버지인데 이완용 뺨

치는 매국노래.”

“진짜?”

경선이 고개를 끄덕거렸다.

“돈 욕심이 엄청 많아서 약을 잔뜩 사 가고도 갚지 않아서 아버지가 엄청 화를 내셨어. 저 벽수산장도 나라 팔아먹고 일본에서 받은 은사금으로 지은 거래.”

“저렇게 큰 집에 살 필요가 있을까?”

“사람의 욕심은 끝이 없는 법이니까.”

오르막길이 점점 가팔라졌다. 인왕산에서 흐르는 물이 길 한쪽으로 졸졸거리며 흐르고 있었다. 그래도 오가는 사람들이 적어서 다행이었다.

한 집 한 집 살펴보던 화진과 경선은 마침내 쪽지에 적힌 주소를 찾아냈다.

“여기야.”

화진이 신이 나서 말하자 경선이 대문과 주변을 살펴보고는 한마디 했다.

“건양사^{일제 강점기 건축업자인 정세권이 세운 건축 회사}에서 지은 집에서 사네.”

경선이 붉은색으로 칠해진 하숙집 대문을 살짝 밀었다. 삐걱거리는 소리와 함께 문이 열리자 작은 마당이 보였다. 한쪽 구석에는 항아리들이 옹기종기 모여 있고, 가운데에는 쇠로 만든 작은 펌프가 있었다. 펌프 뒤에는 작은 평상이 있었는데 그 위에 낯익은 누군가가 앉아 있었다.

상대방도 화진을 알아보았는지 벌떡 일어났다.

"어?"

"야!"

경성으로 오는 열차에서 화진에게 기차값을 물리게 한 소년이었다.

어안이 벙벙해진 화진에게 소년이 다가왔다.

"차비 받으러 온 거야?"

화진은 코웃음을 쳤다.

"네가 여기 있는 줄 어떻게 알고? 동무 만나러 왔어."

바깥에서 소리가 들리자 하숙집 주인이 유리창이 끼워진 미닫이문을 열고 밖으로 나왔다.

"어떻게 오셨나?"

"하숙생 중에 홍계순이라는 여학생이 있나요? 같은 학교 다니는데 만나러 왔어요."

그러자 주인아주머니 대신 소년이 끼어들었다.

"어, 우리 누난데?"

"뭐라고?"

"우리 누나가 홍계순이야. 이화학당 이 학년."

"네가 계순이 동생이라고?"

"맞아. 내 이름은 홍한결."

한결이가 방을 하나 가리키자 하숙집 주인아주머니도 고개를 끄덕거렸다.

"누나는 어디 있니?"

"병원에 갔어."

"어느 병원?"

"외국 사람 이름이던데? 어, 릴리언 해리스 기념병원이라고 했어."

"학교에 계속 안 나와서 찾으러 온 거야. 전해 줄 편지도 있고."

"내일 병원에 가니까 내가 전해 줄게."

화진은 가방에서 꺼낸 편지를 건넸다.

"여기. 잘 전해라."

두 사람이 돌아서서 대문을 나오는데 주인아주머니가 따라 나왔다.

주저하던 아주머니가 대문 쪽을 힐끔 보면서 화진을 불러 세웠다.

"저기, 학생."

"네, 아주머니."

"학생한테 할 얘기는 아닐 거 같긴 한데 말이야."

경선의 얼굴을 슬쩍 살핀 화진이 물었다.

"무슨 얘기요?"

"계순 학생이 하숙비를 다음 달까지밖에 안 냈어. 방을 비워 달라고 하려 했는데 갑자기 쓰러지고, 짐 정리해서 방을 비울까 했는데 갑자기 동생이 나타났네."

"아, 저희가 도울 방법을 찾아볼게요."

"그리고 말이야."

골목길을 살핀 아주머니가 한 걸음 다가와서 속삭였다.

"집 주변에 수상한 사람이 자꾸 서성거려. 우리를 지켜보고 있는 것 같아."

화진이 긴장한 표정을 지었다.

"누군데요?"

주인아주머니가 고개를 저었다.

"모르지. 그런데 계순 학생 아버지가 대한광복회 회원이라는 얘기를 들었어. 올 초에 간도로 떠났다던데."

화진은 대번에 수상한 감시자의 정체를 알아차렸다.

"아버지가 나타날까 해서 지켜보고 있나 보군요."

"그래서 한결이를 데리고 있기가 더 겁이 나. 그러니까 학생들이 빨리 방법을 좀 찾아 줘. 그동안은 내가 한결이를 잘 먹이고 재워 줄 테니까. 알았지?"

얼떨결에 화진이 대답했다.

"네."

주인아주머니는 굉장히 고마워하면서 잘 가라는 말을 남기고 돌아섰다.

옆에 있던 경선이 살짝 목소리를 높였다.

"어쩌자고 그런 말을 했어."

"어차피 혼자 놔둘 수는 없잖아. 일단 사감 선생님이랑 상의해 봐야지."

계순의 하숙집에서 나온 두 사람은 서촌 부근에 있는 이화학당 학생들 집을 찾아다녔다. 사감 선생님 걱정대로 대부분 당사자가 무오년 독감을 앓고 있거나, 가족들이 앓고 있어서 병간호를 하느라 학교에 오지 못하고 있었다. 병원으로 간 동무들은 물론이고, 가족들 병간호를 하는 동무들도 제대로 만나지 못했다.

병에 걸린 가족보다 더 아파 보이는 후배가 파리한 얼굴로 말했다.

"저는 잘 지내고 있어요. 아버지 병이 나으면 꼭 돌아갈 게요."

당장이라도 울 것 같은 후배에게 두 사람은 기운 내라는 말밖에 하지 못했다.

병원에 입원한 딸을 찾아온 두 사람에게 하도 울어서 눈이 퉁퉁 부은 어머니가 말했다.

"이렇게 왔는데 밥이라도 먹고 가."

화진과 경선은 다른 집에도 가 봐야 한다며 병실을 나왔다.

어둑해진 서촌의 골목길을 걸어 내려오는데 경선이 참았던 한숨을 쉬었다.

"이렇게 많은 사람이 독감에 시달리고 있을 줄은 몰랐어."

"나도."

화진은 한결이를 떠올렸다. 돈도 없이 누나가 있는 하숙집으로 올라왔지만 정작 누나는 병원에 입원했다는 사실이 안타까웠다.

화진이 중얼거렸다.

"자주 와 봐야겠네."

해가 떨어지기 직전에야 이화학당으로 돌아온 화진과 경선은 사감 선생님을 찾아갔다. 그리고 병원에 입원했거나 이미 세상을 떠난 동무들 이름을 알려 주고, 홍계순 역시 병원에 입원해서 하숙집에는 남동생 혼자 있는데 곧 비워 줘야 할 것 같다고 말했다.

사감 선생님도 걱정스러운 얼굴을 했다.

"방법은 찾아보겠지만 그동안이라도 혼자 지내기가 쉽지 않을 텐데 걱정이네."

"안 그래도 저도 걱정이 되어서 가끔 찾아가 보려고요."

"수고했어. 가서 쉬도록 해."

"선생님도 얼른 나으세요."

경선과 함께 방으로 돌아온 화진은 침대에 걸터앉아 한숨을 쉬었다.

경선이 새로운 잡지를 꺼냈다.

"이거 올해 8월에 창간된 〈태서문예신보〉라는 잡지야."

"이런 걸 용케도 잘 구하네."

"내가 서구 문학을 좋아하잖아. 이런 게 나온다고 해서 기다리고 있다가 얼른 샀지. 여기 김억^{1930년대 후반부터 친일 행적을 보였다}이라는 시인의 '봄은 간다'라는 시가 정말 좋아. 같이 읽어 볼래?"

경선은 마음이 무거워진 화진을 위해 잡지를 꺼낸 것이었다.

화진은 침대에 누워서 경선이 읽어 주는 시를 들었다.

"말도 없는 밤의 설움. 소리 없는 봄의 가슴. 꽃은 떨어진다. 님은 탄식한다."

눈을 감은 화진은 시를 읽는 경선의 목소리에 집중했다.

그리고 눈을 뜨면서 감상을 말했다.

"소리 없는 봄의 가슴은 하고 싶은 말이 너무나도 많다는 거 같아."

"왜 그렇게 생각하는데?"

"가슴속에 꾹꾹 눌러서 소리는 안 나는데, 탄식할 정도로 너무 많은 게 가슴에 있다는 거잖아."

경선은 화진의 말을 듣고 다시 한번 시를 들여다보며 중얼거렸다.

"소리 없는 봄의 가슴, 그런 거 같네."

그나마 학교로 돌아오지 못한 동무들이 무사히 잘 있다는 편지와 전보들이 도착하면서 무거웠던 이화학당의 분위기는 어느 정도 풀렸다. 화진은 반가운 마음에 동무들과 같이 편지와 전보를 읽으며 서로를 위해 기도했다. 하지만 무오년 독감은 계속 퍼져 나가면서 사람들을 잇달아 쓰러뜨렸다. 특히 가을에서 겨울로 넘어가면서 기승을 부렸는데 경성중학교 오 학년 일본인 학생들이 만주 여행 중에 유행성 감기에 걸렸다는 기사가 〈매일신보〉에 실렸다. 학생과 교직원이 계속 감염되자 많은 학교들이 휴업했고, 관청에도 결근자들이 무더기로 생겼다.

이화학당에도 몇몇이 기침과 고열로 괴로워했는데, 심하게 앓고 난 뒤에 다행히 기력을 찾았다. 하지만 독감에 걸린 동무를 간호하다가 병균이 옮은 학생이 고열로 쓰러졌다. 숨 쉬기가 고통스러울 만큼 기침이 쉴 새 없이 나왔고,

겨울인데도 이불과 베개가 흠뻑 젖을 정도로 많은 땀을 흘렸다. 이화학당 학생들 중에서도 감염자가 나왔고, 선생님들도 쓰러지기 일쑤였다. 사감 선생님은 병세가 더 악화되었지만 입원할 병원을 찾지 못했다.

화진은 경선이 가져온 〈매일신보〉를 읽고 화를 냈다.

"정말 어이가 없다!"

놀란 경선이 물었다.

"왜?"

"경무총감부 위생과 기사인 세가와 헤이조라는 작자가 조선 사람들만 왜 그렇게 무오년 독감에 희생되느냐는 질문에 조선 사람들 치료법이 잘못되었고, 이치에 맞지 않기 때문이라네."

"뭐라고? 제대로 치료도 안 해 주면서 무슨 헛소리야!"

"아프면 병원에 가서 치료를 받아야 하는데 무당부터 찾고, 검증되지 않은 전통 요법으로 치료하려고 하는 바람에 제대로 치료되지 않는다나. 기가 막혀서 말이 안 나온다."

경선이 목소리를 높였다.

"진짜 어처구니가 없네!"

신문을 접은 화진이 속삭였다.

"우리 마스크 만들 때 태극기도 만들까?"

"뜬금없이 태극기를 왜 만들어?"

"그거라도 만들어야 마음이 좀 누그러질 것 같아."

"걸리면 무슨 일이 일어나는지 알면서."

경선은 말은 그렇게 했지만 말투나 눈빛은 오히려 찬성하는 것 같았다.

화진이 웃으며 대답했다.

"잘 숨겨 놓으면 되잖아."

경선이 따라 웃으며 등을 가볍게 때렸다.

"망할 년 같으니."

화진은 너무 화가 나서 태극기라도 만들지 않으면 가슴이 터질 것 같았다. 무오년 독감은 겨울이 되도록 수그러들 기미를 보이지 않고 있는데, 일본은 조선인과 일본인을 대놓고 차별하는 것도 모자라 조선인이 무오년 독감에 시달리는 건 무지하고 비위생적이기 때문이라는 조롱까지 더한 것이다.

사감 선생님이 찾는다는 이야기를 듣고 화진은 사감실로 갔다.

"식재료 배달해 주던 아저씨가 앓아누워서 오지 못하고 있다네."

"제가 가서 병문안하고, 필요한 걸 사 가지고 올게요."

"부탁만 해서 미안해. 그리고 한 가지 부탁이 더 있는데."

"예, 말씀하세요."

"계순이 동생 한결이 말이야. 삼일교회에 데려다줄래?"

"삼일교회라면 새문^{돈의문} 앞에 있는 작은 교회요?"

"맞아. 거기 목사님에게 얘기해 놨어. 당분간 보살펴 주시겠대."

"오다가 들를게요."

"고맙다. 마스크 잘 쓰고 갔다 와."

"걱정 마세요."

화진은 사감실을 나와 경선을 찾아서 함께 아저씨 집으로 향했다.

남바위를 푹 눌러쓴 경선이 태평통 거리를 둘러보며 중얼거렸다.

"상점도 절반이나 문을 닫았고, 오가는 사람도 확 줄었네."

"인력거 타고 가자. 전차는 사람들이 너무 많아서 무서워."

"좋은 생각이야."

화진은 지나가는 인력거를 세워서 경선과 나눠 타고 동대문에 있는 아저씨 집으로 향했다.

파리한 얼굴로 누워 있던 아저씨는 화진과 경선을 보더니 안절부절못했다. 다행히 낫고는 있지만 단골을 빼앗긴 건 아닐까 걱정했던 것이다.

"가야 하는데 너무 아파서 꼼짝도 못 하고 있었어."

"괜찮으니까 푹 쉬세요. 식재료는 제가 알아서 사 갈게요."

아저씨는 자기가 물건을 가져오는 상인들 주소와 이름을 알려 주고는 상식이라는 아들을 불렀다.

"이 아이한테 물건을 맡기면 학당으로 옮겨다 줄 거야."

상식이는 잠시 머뭇거리다 이윽고 입을 열었다.

"예, 제가 갈게요."

고무신을 신은 화진이 마당에 내려서자 상식이가 마당 구석에서 손수레를 끌고 나왔다. 그러더니 잠깐만 기다리라고 하고는 문간방으로 향했다. 그곳에는 상식이 동생뻘 되는 남자아이가 이불을 폭 뒤집어쓴 채 누워 있었다. 머리맡에 잠깐 무릎을 꿇고 앉은 상식이가 뭐라고 말을 하고는 나와서 신발을 신었다.

손수레를 끌고 대문을 나가는 상식이에게 화진이 조심스럽게 물었다.

"동생이니?"

"경식이예요. 저보다 두 살 어려요."

"독감을 앓고 있는 거야?"

"네, 며칠 전부터 기침을 하더니 엊그제부터는 아예 누워서 일어나지를 못하고 있어요."

"약은?"

"감기약을 지어 먹였는데 차도가 없어요. 약값도 거의 두 배나 뛰었어요. 그런데 어제부터는 기침할 때 피를 토해요."

시무룩해진 상식이가 앞장서서 손수레를 끌고 갔다.

경선이 상식이 뒷모습에서 눈을 떼지 않고 화진에게 조심스럽게 말했다.

"상식이 동생 말이야. 오래 못 살 거 같아."

"어머, 얘는 무슨 말을 그렇게 해."

"아까 보니까 입술이 파랗더라. 거기다 피까지 토하는 걸 보면 어려울 거 같아."

화진은 아랫입술을 깨물었다.

"병은 가난한 사람부터 쓰러뜨리는구나."

"그러게."

"가난한 게 죄는 아닌데."

경선은 푸념인지 한탄인지 알 수 없는 말을 했다.

"가난한 조선 사람은 살 방도가 안 보이네."

화진이 물었다.

"병원에 데리고 가라고 할까?"

경선이 고개를 저었다.

"아이에게 필요한 건 약이 아니고 음식이야. 그리고 지금은 무엇을 해도 늦었어."

화진은 아무 말 없이 한숨만 내쉬었다.

화진과 경선은 상식이를 따라 시장으로 향했다. 시장에 가까워지자 사람들이 많아졌다. 많은 사람들이 초췌해 보였다. 전염병도 문제지만 그 와중에 일자리를 잃고, 쌀과 약값이 오르는 바람에 생활이 더 어려워진 것이다. 그들 사이로 기름진 얼굴의 일본인들이 눈에 띄었다. 전염병은 노인부터 아이까지, 남자와 여자 모두에게 찾아갔지만 따뜻한 집과 영양이 풍부한 사람들에게는 가지 않거나 잠시 스쳐 지나갔다. 그렇게 죽음이 퍼지고 있지만 삶을 계속 살아야 하는 사람들은 묵묵히 거리를 걷고 있었다.

공설시장이라는 입간판 아래 좁은 골목 양쪽으로 상점들이 쭉 늘어서 있었는데 절반 정도는 문이 닫혀 있거나 주인이 보이지 않았다. 상식이는 아버지가 거래하던 상점들에 들러 식재료를 사서 차곡차곡 손수레에 실었다. 상인들 상당수는 마스크를 쓰거나 수건 같은 걸로 입을 가리고 있었다. 식재료를 다 산 상식이는 혼자서 이화학당까지 끌고 갈 수 있다면서 먼저 돌아가라고 했다. 조심해서 오라는 말을 남긴 화진과 경선은 발걸음을 돌렸다.

큰길로 나온 화진이 경선에게 말했다.

"학교로 먼저 돌아가. 나는 어디 좀 들렀다 갈게."

"어디?"

"계순이네 하숙집. 거기 계순이 동생이 있잖아."

"어떻게 하게?"

"아까 사감 선생님이 삼일교회에 얘기해 놨다고 거기에 데려다주라고 하셨어."

"같이 갈까?"

화진은 고개를 저었다.

"혼자 갔다 올게. 이따가 학교에서 보자."

"알겠어."

경선이 지나가는 인력거를 세웠다.

화진은 경선이 떠나는 걸 확인하고 손을 들어 인력거를 세우고 목적지를 말했다.

"서촌으로 가 주세요."

갈림길

인력거에서 내린 화진은 계순의 하숙집 문을 열었다.

장독대를 닦고 있던 주인아주머니가 화진을 보더니 반색을 했다.

"아이 데리러 온 거야?"

화진이 조심스럽게 고개를 끄덕거리자 주인아주머니가 곧장 한결이가 있는 방으로 들어갔다. 그리고 잠시 후, 목도리를 두른 한결이가 밖으로 나왔다.

신발을 신겨 준 주인아주머니가 한결이 어깨를 토닥거렸다.

"누나 소식이 오면 내가 바로 알려 줄게. 걱정 말고 가거라."

"그동안 돌봐 주셔서 고맙습니다."

고개를 꾸벅 숙인 한결이가 인사를 하고 화진에게 다가왔다.

"나, 어디로 가?"

"새문 앞에 있는 삼일교회라는 곳이야. 거기에서 머물 수 있게 사감 선생님이 얘기해 두셨어."

"거기 가면 누나 만날 수 있어?"

화진은 살포시 웃으며 한결이 머리를 쓰다듬어 주었다.

"기다리면 좋은 소식이 있을 거야."

하숙집 밖으로 나오니 어느덧 해가 기울었다.

화진이 빛이 사라진 하늘을 올려다보며 한결이 손을 잡았다.

"금방 어두워지겠네. 어서 가자."

한결이가 길옆에 있는 나무를 가리켰다.

"저기……."

나무 뒤에 있던 그림자가 불쑥 나타났다. 화진은 저도 모르게 한결이 손을 꽉 잡았다. 그림자의 주인공은 두툼한 코트에 도리우치를 쓴 정혁이었다.

화진이 정혁에게 물었다.

"오라버니가 여긴 웬일이에요?"

"일하는 중이야. 저 아이 데리고 어디로 가려고?"

시간을 잇는 아이

사실대로 얘기하려고 하던 화진은 정혁의 눈빛을 보고는 숨을 삼켰다. 순사 보조원으로 일하고 있다는 사실이 떠올랐기 때문이다. 하숙집 아주머니 말처럼 계순의 아버지가 감시를 받고 있다면 숨겨야 할 것 같았다.

"학교로 데리고 가려고요."

정혁이 미심쩍은 눈으로 물었다.

"이화학당은 남자는 못 들어가는 곳 아닌가?"

"소사 아저씨 머무는 곳이 있어요."

화진은 혹시나 한결이가 나설까 봐 슬쩍 처다봤다. 다행히 한결이는 아무 말도 하지 않았다.

정혁이 화진에게 다가왔다.

"그 아이는 이곳에 있어야 해."

"왜요? 얘 누나도 없는데요."

"아무튼."

화진은 고개를 돌려 방금 나온 하숙집을 바라봤다. 난감해하던 하숙집 아주머니 얼굴이 떠올랐다.

그때 한결이가 불쑥 정혁에게 말했다.

"그럼 하숙비 내주세요."

정혁이 얼굴을 찡그렸다.

"무슨 하숙비?"

한결이가 하숙집을 가리켰다.

"누나가 이번 달 하숙비까지만 내서 며칠 후면 방을 비워야 한다고 했어요. 그러니까 저를 하숙집에 놔두고 싶으면 하숙비를 대신 내주세요. 그리고 먹을 것도 좀 챙겨 주시고요."

한결이는 열차에서 만났을 때와 똑같이 당돌했다.

정혁이 멈칫했다.

"그건 내가 결정할 수 있는 문제가 아니야."

"그럼 저를 데리고 가세요."

놀란 정혁이 도리우치를 고쳐 쓰면서 물었다.

"뭐라고?"

"여기도 머물지 못하고 딴 데도 안 된다면 아저씨 집에서 지내는 수밖에 없잖아요. 어차피 아버지 때문에 감시하는 거니까 그게 더 편하지 않겠어요? 누나, 난 아저씨 따라갈게."

한결이가 다가가자 정혁이 손사래를 쳤다.

"널 데리고 있을 처지가 아니야. 일단 화진이를 따라가라."

한결이가 도로 화진에게 돌아오자 화진은 한결이 머리를 쓰다듬으며 정혁에게 말했다.

"학교로 데리고 갈 테니까 필요하면 만나러 오세요."

화진이 한결이 손을 잡고 스쳐 지나가자 정혁은 도리우

치를 살짝 치켜 올리면서 두 사람을 멍하니 바라봤다.

종종걸음으로 걷던 화진이 한결이에게 물었다.

"하숙집 감시하던 사람이 저 사람이었니?"

슬쩍 뒤쪽을 본 한결이가 짧게 대답했다.

"응."

"아버지 때문에?"

"그런 거 같아. 아는 사람이야?"

"같은 동네에 살던 사람이야."

한숨을 쉰 화진이 중얼거렸다.

"어쩌다 저렇게 된 건지 모르겠네."

서둘러 걷는데 뒤쪽에서 뛰어오는 소리가 들렸다.

정혁이 숨을 몰아쉬며 두 사람 앞에서 걸음을 늦췄다.

"바래다줄게."

"괜찮아요."

"이 시간엔 인력거 잡기 힘들 거야. 따라가지는 않을 거 니까 걱정하지 마."

딱히 말릴 이유가 없어서 화진은 한결이 손을 잡고 정혁을 따라 걸었다. 금천교까지 내려오는데 골목 초입에 사람들이 잔뜩 서 있는 게 보였다. 검정 제복 입은 순사들과 누런 상복 입은 조선 사람들이 마구 뒤엉켜 있었다. 화진은 걸음을 멈췄고, 정혁은 잠깐 기다리라는 말을 하고는 손수건으로 입을 가린 채 그쪽으로 뛰어갔다.

화진이 중얼거렸다.

"상중인 거 같은데?"

"우리도 가 보자."

화진은 한결이와 함께 조심스럽게 그곳으로 다가갔다.

상복 입은 사람들 사이로 머리를 풀어헤친 여인이 바닥에 주저앉아 울부짖는 게 보였다.

"아니, 남편이 죽은 것도 서러운데 시신을 불태운다니! 대체 이게 무슨 짓이오! 숨을 거둔 지 반나절도 안 됐다고, 이 사람들아!"

화진이 한결이에게 말했다.

"장례를 치르는 중에 시신을 가져가려고 하는 것 같아."

"무오년 독감 때문인가?"

화진이 고개를 끄덕거렸다. 식은땀을 흘리고 거친 숨을 들이켜며 비틀거리는 것을 보니 여인도 독감에 걸린 것 같았다.

화진과 한결이를 본 정혁이 다가왔다.

"오지 말라고 했잖아."

"시신을 가져갈 건가요?"

정혁이 곤혹스러운 표정을 지었다.

"병균이 퍼지는 걸 막으려면 어쩔 수 없어."

"장례는 치르게 해 줘야 하지 않아요?"

"지금 상황이 어떤 줄 몰라서 그러는 거야? 하루에 백오십 명이 넘게 죽어서 화장터에서 화장을 못 하고 길거리에서 화장을 하고 있는 판국이라고."

"아무리 그래도 너무하잖아요. 최소한 슬퍼할 시간은 줘야죠."

"지금은 죽으면 슬퍼할 시간조차 없어. 몇 달 동안 사람들이 얼마나 죽었는지 몰라? 물러나 있어."

두 사람이 얘기를 나누는 동안 남편의 시신을 감싼 채 울고 있던 여인이 기침을 여러 번 반복하다가 혼절을 했다. 만져 보지 않아도 온몸이 불타오르는 것이 느껴졌다. 지켜보던 순사 보조원들이 손짓하자 입을 수건으로 가린 순사 보조원들이 들것을 가져와서 시체를 실어 갔다. 혼절한 여인 곁으로 가족인 듯한 사람들이 다가가는 것이 보였다. 그들 중 몇몇도 독감에 걸렸는지 기침하면서 여인을 살폈다.

상황을 지켜보던 정혁이 내뱉듯이 말했다.

"독감으로 죽은 시체는 화장하는 게 안전해."

화진이 정혁을 노려봤다.

"조선 사람들에게 매장이 아닌 화장을 한다는 건 받아들이기 힘든 일이에요."

"그러니까 일본의 식민지가 된 거지. 버릴 걸 버리지 못해서 말이야."

화진이 발끈했다.

"마치 일본 사람이라도 된 것처럼 얘기하네요."

정혁이 차갑게 대꾸했다.

"어차피 순사 보조원은 조선 사람으로 보지 않는데, 뭘."

화진은 아무 말 없이 한결이 손을 잡고 정혁을 스쳐 지나갔다. 허리에 손을 올린 채 서 있던 정혁이 물끄러미 화진을 바라봤다.

큰길로 나온 화진이 한결이에게 말했다.

"힘들더라도 좀만 참고 지내. 알았지?"

"고마워요. 누나."

화진이 피식 웃었다.

"이제 존댓말 하네."

한결이가 뒤통수를 긁으며 웃었다.

한결이를 삼일교회에 데려다주고 학교로 돌아온 화진은 내내 신경이 곤두서 있던 탓인지 긴장이 풀리면서 기운이 쭉 빠졌다.

화진은 바로 사감 선생님을 찾았다.

"한결이 삼일교회에 잘 데려다주고 왔습니다."

사감 선생님이 연달아 기침을 했다.

"수고했어."

"그럼 쉬세요."

방으로 돌아와 보니 먼저 돌아온 경선이 베개 옆에 잡지를 펼쳐 놓은 채 자고 있었다.

다음 날, 학생과 선생님들 중에 무오년 독감을 앓는 사람이 너무 많아서 임시로 수업을 중단한다는 공고가 붙었다. 불안해진 학생들 몇 명은 집으로 돌아갔다. 경선은 이참에 밀린 잠을 자겠다며 침대에 눕고, 화진은 머뭇거리다 가방을 챙겼다.

침대에 누워 잡지를 읽던 경선이 물었다.

"어디 가려고?"

"릴리언 해리스 기념병원."

"계순이 만나러?"

"응, 동생이 삼일교회에 있다고 알려 줘야지. 그리고 약도 좀 받아 오게."

릴리언 해리스 기념병원이 있는 동대문까지는 너무 멀어서 인력거를 타거나 걸어갈 수가 없었다. 결국 전차를 타야만 했다. 화진은 마스크를 챙겼다.

전차 안 사람들은 다들 긴장한 표정으로 어떻게든 옆사람과 거리를 두려고 노력했다. 예전보다 마스크를 쓴 사람들이 늘어났고, 쓰지 않은 사람들도 손수건 같은 걸로 입과 코를 가렸다. 병원에 도착한 화진은 계순을 만나서 동생 소식을 전해 줬다. 파리한 얼굴의 계순은 연신 고맙다면서 동생을 부탁했다. 쉬라는 말을 남기고 복도를 나오는데 가죽 코트에 도리우치를 쓴 남자가 화진을 뚫어지게 바라봤다. 순사 보조원인 듯했다. 화진은 되도록 눈이 마주치지 않도록 하면서 병원을 나왔다.

전차를 타기 위해 큰길로 나오는데 한 노인이 병원 앞에서 큰 목소리로 항의하고 있었다.

"침상이 없다면서 왜 저 일본인은 받아 주는 거요!"

병원 직원으로 보이는 사람이 손사래를 쳤다.

"아닙니다. 저 사람은 예약 환자입니다."

"우리 아들도 예약하려고 했는데 병상이 찼다고 안 받았다면서!"

"어쨌든 우리 병원은 다 찼으니까 다른 곳으로 가 보세요."

"활인서조선 시대에, 서울에서 의료에 관한 일을 맡아보던 관아. 고종 19년(1882)에 없앴다. 도 없어졌는데 어디로 가란 말이야!"

병원 직원이 어리둥절한 표정을 지었다.

"그게 뭐길래 여기서 찾는 겁니까?"

노인은 계속 항의했지만 결국 뜻을 이루지 못했다. 화진

은 노인에게 병원에서 받아 온 약을 나눠 줄까 했지만 학교
에서 기다리는 동무들과 선생님이 떠올라 어쩔 수 없었다.

학교로 돌아온 화진은 심상치 않은 분위기를 느꼈다.
잠자겠다고 하던 경선이 심슨홀에서 나오는 걸 보고 화
진이 물었다.
"무슨 일이야?"
"사감 선생님이……."
화진은 곧장 사감실로 뛰어 올라갔다.
침대에 누워 있는 사감 선생님의 메마른 파란 입술이
파르르 떨리더니 붉은 기침을 토해 냈다. 두꺼운 수건으로
붉은색을 빠르게 감추고 소리를 안 냈지만 몸짓이나 표정
만 봐도 얼마나 고통스러운지 충분히 느껴졌다. 지켜보던
경선이 참지 못하고 눈물을 흘렸다.
정신없이 기침하던 사감 선생님이 화진을 올려다보면서
말했다.
"머리가 너무 아파."
힘겹게 꺼낸 말이 반가우면서도 안타까웠다. 지켜보던
동무들과 선생님들은 무엇을 해 주어야 할지 몰라서 이마
에 얹은 물수건만 자꾸 갈아 주었다. 시간이 흐를수록 사
감 선생님의 열이 더 심해졌다. 견디다 못한 화진이 밖으로

나와 복도에서 눈물을 흘렸다. 뒤따라 나온 경선이 화진을 껴안았다.

한참 울던 화진이 중얼거렸다.

"봄이 보고 싶어."

"그래. 우리 봄 되면 나들이 가자. 노란 꽃도 보고, 산나물도 캐고, 시냇물 소리도 듣고."

방 안에서 찬송가 소리가 흘러나왔다. 화진과 경선은 손을 꼭 잡고 찬송가 소리에 귀를 기울였다. 화진은 사감 선생님이 힘든 고비를 무사히 넘기기를 기도했다.

하지만, 고열로 괴로워하던 사감 선생님은 그날 밤을 넘기지 못했다.

너무나 많은 사람이 죽었기 때문에 삼베나 관 같은 것조차 구할 수 없었다. 학생들은 사감 선생님의 시신을 깨끗한 이불로 싸서 방에 놔뒀다. 시신 옮길 사람 구하기도 힘들었다. 릴리언 해리스 기념병원에서 장례를 도와줄 사람을 보낸다는 연락을 받고서야 학생들과 선생님들은 안도의 한숨을 쉬었다. 오후가 되자 릴리언 해리스 기념병원에서 보낸 장의사가 도착했다. 관이 없다는 말에 장의사는 교탁과 책상을 잘라 관을 만들고, 가지고 온 수의를 입혔다. 문밖에서 기다리던 학생들은 너나없이 울음을 터뜨렸다. 울

음소리가 점점 커져 가는 와중에 화진은 사감 선생님이 좋은 곳으로 가서 더 이상 아프지 않기를 빌고 빌었다.

사감 선생님을 관에 모시고 학교 밖으로 나가려는데 천과 마스크로 얼굴을 가린 순사들과 의사가 찾아왔다. 그중한 명이 정혁이라는 사실이 화진은 더없이 불쾌했다. 정혁도 그런 화진의 심정을 눈치챘는지 살짝 눈인사만 하고 스쳐 지나갔다. 그들은 학교 여기저기와 사감실을 살펴봤다. 그러고는 교장인 헨리 선생님과 얘기를 나눴다. 그사이, 의사는 학생들과 만나서 사감 선생님 증상에 대해서 물었다. 그리고 비슷한 증상을 가진 학생들이 몇 명이나 더 있는지 알아봤다. 분위기가 심상치 않게 돌아가자 궁금증을 견디다 못한 화진은 뒤뜰에 있는 정혁에게 다가갔다.

구부정하게 서서 담배를 피우던 정혁이 고개를 들고 화진을 바라봤다.

"어떻게 할 거래요?"

정혁이 담배를 끄면서 대답했다.

"독감 사망 환자가 나왔으니까 기숙사를 폐쇄시키려고 할 거야."

"난 고향으로 내려가기 싫어요. 무슨 방법이 없을까요?"

정혁이 어깨를 펴면서 말했다.

"내가 무슨 힘이 있겠어. 얘기는 해 보겠지만 크게 기대

하진 마."

정혁이 기숙사 앞에서 헨리 선생님과 얘기를 나누는 순사에게 다가가서 몇 마디 말을 건넸다. 거기에 헨리 선생님이 가세해서 설득하자 순사는 기숙사 문을 닫는 대신 사감실을 폐쇄하고 소독에 만전을 기하라는 말을 하고 돌아갔다. 안도의 한숨을 쉰 화진이 순사들과 함께 돌아가는 정혁에게 고맙다는 말을 했다.

정혁이 교문 앞까지 나온 화진에게 말했다.

"나한테 화났지?"

"사정이 있었겠죠."

정혁이 가볍게 한숨을 쉬었다.

"다른 일을 구해 보고는 있어. 쉽지는 않지만."

"남들은 어떻게든 차지하려고 하는 순사 보조원 자리잖아요."

"대신 사람 취급을 못 받잖아."

정혁이 어떤 고민을 하고 있는지 알게 된 화진은 아무 말도 할 수 없었다.

정혁이 씩 웃으며 말했다.

"담에 보자. 독감 조심해."

사감 선생님이 세상을 떠난 이후 학교 분위기는 더없이 뒤숭숭해졌다. 결국 학교는 수업을 중단하기로 했다. 하지만 지방에서도 독감이 심하게 퍼지고 있는 상황이라 기숙사를 폐쇄하지는 않았다. 고향에 내려가지 않기로 결정한 화진은 기숙사에 남은 경선을 비롯한 동무들과 함께 모여서 공부하거나 교회 모임에 나갔다. 자주 가던 새문안교회가 문을 닫게 되자 자연스럽게 삼일교회에 가면서 한결이와 마주쳤다. 싹싹하고 눈치 빠른 한결이는 교회 안팎을 청소하거나 이런저런 심부름을 하면서 지내고 있었다.

화진이 교회를 찾았을 때도 한결이는 마당의 낙엽을 쓸고 있었다.

"청소하네?"

한결은 빗자루를 흔들어 보였다.

"빨리 쓸어 내지 않으면 금방 쌓여서요."

"누나는?"

"많이 괜찮아졌어요. 다음 주쯤이면 퇴원할 수 있다고 하던데요."

"다행이다. 정말 다행이야."

얼마 전에 본 〈매일신보〉에는 지방에서 독감에 의한 사망자들이 엄청 발생하고 있다는 내용의 기사가 실렸다. 경찰과 관리들이 노력 중이지만 역부족이라는 내용이었다.

화진이 중얼거렸다.

"노력을 하긴 한 걸까?"

아버지는 여자는 세상일에 관심을 가질 필요가 없다고 공부만 하라고 했다. 하지만 경성에서 보고 들은 게 많은 화진으로서는 가슴에서 치밀어 오르는 분노를 참을 수가 없었다. 조선 사람에 대한 차별이 일상이었고, 무시와 외면도 심해져 갔다. 특히 무오년 독감이 심해지면서 그나마 수면 아래 있던 것들이 세상에 모습을 드러냈다. 총독부는 법정 전염병이 아니라는 이유로 적극적인 예방 조치를 취하지 않았다. 하지만 일본인들이 사는 곳에는 집중적으로 방역 조치를 취했다. 조선인들에게 내놓은 방역 대책은 시신 화장 같은 것뿐이었다. 무오년 독감으로 쓰러지는 사람은 대부분 조선 사람이었고, 일자리를 잃고, 높아진 쌀값과 약값에 고통을 받는 것도 조선 사람이었다. 화진은 일본이 무오년 독감균보다 더 끔찍한 병균 같다는 생각이 들었다.

화진이 생각에 잠겨 있는 사이 한결이가 빗자루로 이리 저리 낙엽을 쓸어 '한결'이라는 이름을 만들었다.

화진이 웃음을 지으며 말했다.

"잘 썼네."

빗자루를 지팡이 삼아 한 손에 쥔 한결이 물었다.

"기차에서 일은 왜 물어보지 않는 거예요. 난 처음부터 기차표 사지도 않았는데."

그때 일을 떠올린 화진이 대답했다.

"나를 누나라고 불렀잖아. 아마 실랑이를 벌였다면 둘 다 기차에서 내리라고 했을 거야. 그나저나 누나가 퇴원하면 고향에 내려갈 거니?"

한결이가 자기 이름을 만들어 놓은 낙엽을 빗자루로 이리저리 흩어 버리면서 대답했다.

"돌아갈 집이 없어요."

"그게 무슨 소리야?"

"어머니는 작년 연말에 돌아가시고 누나랑 저밖에 없으니까요. 내려가도 아무도 없어요."

"그럼 누나가 퇴원해도 여기 계속 있어야 하는 거야?"

한결이는 이미 쓸어서 깨끗한 곳을 다시 빗자루로 쓸며 중얼거렸다.

"목사님이 계속 머물러도 된다고 하셨어요."

화진은 왠지 모르게 웃음이 나와 한결이 머리를 한 번 쓰다듬고 교회 안으로 들어갔다.

단층으로 지어진 작은 교회는 예배를 볼 때 빼고는 보통 비워져 있어서 모임을 가지기 좋았다. 무오년 독감의 유행이 계속되고, 쌀값이 진정될 기미를 보이지 않자 민심은 크게 어지러워졌다. 자연스럽게 화진이 참여한 모임에서도 일본의 지배를 규탄하고 반대하는 목소리가 높아졌다. 담임 목사 역시 그중 한 명으로 자연스럽게 모임에서 교사 역할을 했다.

신문을 읽고 있던 목사님이 화진을 반겼다.

경선이 뒤이어 도착하고, 다른 동무들이 오자 목사님이 자연스럽게 입을 열었다.

"얼마 전에 독일이 미국을 비롯한 협상국에 항복하면서 구주 대전이 끝났어. 영길리의 손을 잡은 일본은 승전국이 되었지."

화진이 한숨을 쉬었다.

"일본이 이기는 편에 섰으니 우리가 독립할 길은 더욱더 멀어졌네요."

한숨 섞인 화진의 얘기에 목사님이 쓴웃음을 지었다.

"희망이 전혀 없는 건 아니야. 미리견의 대통령 우드로 윌슨이 전후 처리를 위한 14개조 원칙을 발표하면서 민족 자결주의를 천명했잖아."

"예, 저도 알고 있어요. 하지만 승전국인 일본에 그런 원칙이 적용될까요?"

목사님이 가볍게 고개를 저었다.

"쉽지는 않겠지만 아주 작은 희망이라도 있다면 포기하지 말아야지."

화진과 동무들은 고개를 끄덕거렸다.

모임을 마치고 나오려는데 목사님이 화진에게 잠깐 남으라고 했다. 무슨 일인가 싶어서 자리에 앉아 기다리는데 문을 열고 한결이가 들어왔다.

빗자루를 문 옆에 놓은 한결이가 다가오자 목사님이 석유램프를 들었다.

"따라오너라."

엉겁결에 일어난 화진은 목사님을 따라 십자가가 새겨진 강단 쪽으로 걸어갔다.

강단에는 목사님이 앉는 크고 긴 의자가 있었고, 그 뒤로는 커튼이 쳐져 있었는데 살짝 걷어 내자 벽이 보였다. 목사님이 손으로 밀자 벽이 안으로 밀렸다.

눈이 동그래진 화진에게 목사님이 말했다.

"처음 지을 때 무슨 일이 생길지 몰라서 만들어 놨지. 계단 조심들 해라."

목사님 말대로 벽 뒤에는 아래로 내려가는 계단이 있었다. 빙빙 돌아가는 나선형 계단을 따라 지하로 내려가자 생각보다 넓은 공간이 나왔다.

화진이 천장을 올려다보며 말했다.

"예배당 아래네요."

"아래는 고요한 법이지. 누가 숨기에도 제격이고 말이야."

목사님 말이 끝나기 무섭게 어둠 속에서 누군가 불쑥

튀어나왔다. 헝클어진 머리에 수염이 덥수룩하게 난 남자는 한 손에 성경을 든 채 화진을 매섭게 쏘아봤다.

놀란 화진이 어찌할 바를 모르고 있는데 한결이가 갑자기 뛰쳐나갔다.

"아버지!"

한결이가 품에 안기는 걸 본 화진이 목사님에게 시선을 돌렸다.

목사님이 석유램프를 책상 위에 올려놓으며 말했다.

"계순이와 한결이의 아버님 홍순태 씨야. 대한광복회 부회장이시기도 하지."

화진이 물었다.

"여기 숨어 계셨던 건가요?"

계순이 아버지가 고개를 끄덕거렸다.

"조직이 발각되면서 몸을 숨겨야만 했어. 자식들이랑 같이 떠나려고 했는데 계순이가 덜컥 독감에 걸려 버리는 바람에 그동안 이곳에 숨어 있었지."

"계순이 하숙집을 순사 보조원이 감시하고 있었어요."

"알아. 이화학당의 사감 선생님이 바로 우리 광복회 회원이셨다."

"정말이요?"

"그래서 연락을 맡아 주셨던 거야. 그러다 독감에 걸려 쓰러지셨지."

"전혀 몰랐어요."

계순이 아버지가 한숨을 쉬었다.

"학생을 위험에 빠뜨릴 수는 없었을 테지. 언제까지나 여기 숨어 있을 수는 없다. 계순이가 퇴원하면 곧 간도로 떠날 거야."

화진은 정혁을 떠올렸다.

"순사 보조원들이 지금도 감시하고 있어요."

계순이 아버지는 눈에 힘을 주었다.

"알고 있다. 그래서 따로따로 탈출할 방법을 찾고 있어."

화진이 말했다.

"저도 방법을 찾아볼게요."

"고맙구나."

얘기를 나누고 일 층으로 올라온 화진은 목사님 배웅을 받으며 교회 밖으로 나왔다.

한결이가 뒤따라 나오면서 교회 정문을 열어 줬다.

"제가 배웅해 줄게요."

"괜찮아. 금방이야."

"그래도 어둡잖아요. 아버지가 어두울수록 같이 걸어야 한다고 하셨어요."

화진은 가만히 한결이 어깨를 감싸 안았다.

"그래, 같이 가자."

한결이가 화진을 올려다보며 씩 웃었다.

교회를 나온 두 사람은 새문안길로 나왔다. 몇 년 전 철거된 돈의문의 성문이 있던 언덕으로 전차가 힘겹게 올라오는 중이었다.

전차가 지나가길 기다리던 화진과 한결이 앞에 정혁이 불쑥 나타났다.

"어디 갔다 오는 거니?"

한결이가 얼른 화진 뒤에 숨었다.

화진이 고개를 돌려 한결이에게 괜찮다는 표정을 짓고 정혁을 바라봤다.

"교회에 모임이 있었어요."

"다른 동무들은 다 갔는데 왜 너만 늦게 나온 거야?"

"목사님께 잠깐 성경 내용을 질문하느라 늦었어요."

정혁의 시선이 뒤에 숨은 한결이에게 꽂혔다.

"이 아이는?"

"오라버니가 감시하던 그 아이잖아요. 지금 교회에 머물고 있어요."

"이화학당으로 데려간다고 하지 않았어?"

정혁의 날카로운 질문에 화진은 잠시 당황했다.

이번에도 한결이가 나섰다.

"학당에도 전염병 환자들이 자꾸 나와서 다른 데로 옮기라고 했어요."

가까스로 정신을 차린 화진이 덧붙였다.

"그래서 근처 교회로 옮긴 거예요."

정혁은 날카로운 눈으로 화진을 바라봤다.

"조심하는 게 좋을 거야. 나뿐 아니라 감시하는 사람들이 한둘이 아니니까 말이야."

"뭣 때문에요?"

정혁은 한결이를 보며 말했다.

"그 꼬마의 아버지 때문이지. 홍순태라고 대한광복회 부회장이야."

"부모를 잡으려고 자식을 감시하는 중이군요."

정혁이 고개를 끄덕거렸다.

"아무리 독립운동에 미쳐 있다고 해도, 딸은 아프고 아들은 교회에서 이렇게 지내고 있는데 생각이 나지 않겠어?"

한결이가 주먹을 불끈 쥐는 게 느껴졌다. 화진은 참으라는 듯 손을 꼭 잡아 주었다. 딱히 대답을 바라고 한 질문은 아닌 것 같아서 화진은 지나가는 전차를 물끄러미 바라봤다. 건너편 나무 전봇대 뒤에 숨어서 이쪽을 지켜보는 사람이 눈에 들어왔다.

화진이 놀란 표정을 짓자 슬쩍 앞을 가로막은 정혁이 말했다.

"그렇게 놀란 표정을 지으면 자기가 들켰다는 걸 알아챌 거야."

"누군데요?"

"나를 감시하는 다른 순사 보조원들."

화진은 무슨 소리인지 모르겠다는 듯 다시 물었다.

"왜 오라버니를 감시해요?"

"조선인들은 모두 의심받아. 그래서 서로서로 감시를 시키지."

"정말이요?"

정혁이 도리우치를 고쳐 쓰면서 대꾸했다.

"이번 일에 엮이면 좋을 게 없으니까 되도록 끼어들지 마."

화진은 어쩌면 정혁의 도움을 받을 수도 있겠다는 생각이 들었다. 하지만 당장 말을 꺼낼 수는 없었기 때문에 인사만 하고 자리를 떴다.

화진은 한결이와 함께 정동 거리를 걸어가면서 한숨을 쉬었다.

"하늘은 맑고 푸른데 조선의 땅은 앞길이 보이지 않네."

"아버지는 착한 사람이에요. 그런데 왜 다들 잡으려 드는지 모르겠어요."

풀이 죽은 한결이에게 화진은 다정하게 웃어 주었다.

"네 아버지는 좋은 사람이 맞아. 그러니까 기운 내서 씩씩하게 지내야 해."

고개를 끄덕거린 한결이가 화진을 올려다봤다.

"얘기 들려 주세요."

"어떤 얘기?"

"아무거나요. 어릴 때 어머니가 잠들기 전에 초롱불 켜 놓고 책 읽어 줬었거든요."

화진이 빙그레 웃었다.

"〈태서문예신보〉라는 잡지에 김억이라는 시인이 쓴 '봄은 간다'라는 시가 있는데 그거 들려줄까?"

고개를 끄덕거린 한결이가 올려다보자 화진이 천천히 시를 읊었다.

귀를 기울이고 있던 한결이가 한 구절을 따라 읊었다.

"깊은 생각은 아득 이는데. 저 바람에 새가 슬피 운다."

구슬피 우는 새가 무엇을 상징하는지 생각하던 화진은 한결이를 바라봤다.

한결이도 같은 생각을 했는지 씩 웃었다.

"한 번 더 읊어 주세요."

화진은 어둠이 깔리기 시작한 정동의 거리를 바라보면서 '봄은 간다'를 다시 읊어 줬다. 이번에는 한결이가 따라서 읊었다.

한결이가 시를 다 읊자 화진이 물었다.

"교회에서 지내는 거 어때? 춥지?"

"지낼 만해요. 사실 고향에 비하면 너무 좋고요."

"고향도 무오년 독감에 시달리고 있니?"

한결이가 고개를 끄덕거렸다.

"제가 올 때는 그나마 괜찮았는데 신문을 보니까 절반 이상이 감염되었고, 사망자도 많이 나왔더라고요. 그나마 경성은 병원도 있고, 약도 쉽게 구할 수 있지만 고향에서는 약 한 번 먹어 보지도 못한 채 죽어 가고 있는 사람들이 너무 많아요. 나도 계속 그곳에 있었다면 지금쯤 전염병에 걸렸을지도 몰라요."

화진이 위로의 말을 건넸다.

"독감은 누구나 걸릴 수 있어. 우리 학교 사감 선생님도 돌아가셨는걸."

"사람들은 대부분 독감보다는 굶주림을 더 무서워해요. 무오년 독감에 걸리면 살아날 수도 있지만, 굶주리면 확실히 죽으니까요."

어느덧 이화학당의 교문이 보였다.

한결이가 화진의 손을 놓았다.

"그럼, 전 이만 갈게요."

"그래, 조심해서 가."

한결이는 오던 길로 총총 뛰어갔다.

교문을 열고 학교 안으로 들어선 화진은 곧장 방으로 갔다. 이불을 반쯤 걷어차고 자고 있는 경선의 이불을 바로 덮어 줬다. 간단히 씻고 옷을 갈아입은 화진은 침대에 누웠다. 창가 아래 있는 라디에이터에서 쉭쉭거리는 소리가 났다. 하지만 온돌만큼의 온기를 주는 건 아니라 화진은 이불을 푹 뒤집어쓰고 잠을 청했다.

화진은 교회가 불타는 꿈을 꾸었다. 불에 모든 것이 던져졌다. 한결이와 목사님이 던져지고, 병원에서 독감으로 죽은 시체들이 던져졌다. 불은 시체를 먹고 교회를 삼킬 듯이 타올랐다. 조선의 시체들을 잡아먹은 불이 더욱더 커져 가고 있었다. 불에 탄 시체들이 기침을 하며 걸어 나왔다. 어린아이, 노인, 청년, 소녀의 시체가 거친 기침을 토해 내며 걸어 나왔다. 포대기를 손에 쥔 여인이 재가 되어 버린 아이를 찾으며 불에서 걸어 나왔다.

악몽에서 겨우 깨어난 화진이 식은땀 흘리는 걸 보고

경선이 농담을 던졌다.

"왜? 결혼하는 꿈이라도 꾼 거야?"

화진은 한숨을 쉬었다.

"모든 게 불타 버리는 꿈을 꿨어."

"차라리 그게 낫겠네. 독감은 계속 퍼지고, 쌀값이랑 물가는 하늘 높은 줄 모르고 올라가고 있잖아."

경선의 농담을 들으면서 화진은 침대에서 나왔다. 악몽 때문인지 잠을 제대로 못 잔 것 같았다. 그나마 다행스러운 것은 계순이가 독감이 다 나아서 학교로 돌아온 것이다. 수척해진 계순이가 동생을 돌봐 줘서 고맙다고 인사하러 왔다.

마스크를 만들기 위해 재봉틀 앞에 앉아 있던 화진이 주변을 살펴보고 낮은 목소리로 말했다.

"네 아버지 만났어."

"어디서?"

당장이라도 울 것 같은 표정을 지은 계순을 화진이 다독거렸다.

"삼일교회 지하에 잘 숨어 계셔. 그러니까 너는 그쪽은 얼씬도 하지 마."

"왜? 누가 감시해?"

화진이 고개를 끄덕거렸다.

"순사 보조원들이 잔뜩 있어."

"그럼 어쩌지?"

"한결이가 거기에 있잖아. 내가 오가면서 소식을 전해 줄게."

"고마워."

"뭘, 우린 같은 학교 다니는 동무잖아. 그리고 같은 조선 사람이고."

간도로 가는 길

그날 이후, 화진은 종종 삼일교회를 드나들면서 한결이에게 계순의 소식을 전해 주었다. 정혁은 계속 화진을 지켜봤다. 하지만 이화학당이나 교회 모두 외국 선교사들과 관련이 있는 곳이라 더 이상 어쩌지는 못하는 것 같았다. 화진은 계순의 가족을 간도로 보낼 방법을 고민했다.

화진은 무오년 독감을 겪으면서 총독부의 태도에 분개했다. 그래서 무오년 독감보다 더 심한 독감인 일본의 지배를 벗어나야 한다는 결론에 도달했다. 자신이 무엇을 해야 하는지는 알 수 없었지만, 일단 독립운동하는 계순의 아버지를 돕는 일부터 시작하고 싶었다.

삼일교회에서 공부 모임을 끝내고 지하로 내려가 계순이가 쓴 편지를 건네줬다.

편지를 다 읽은 계순이 아버지가 한숨을 쉬었다.

"언제까지 이렇게 지낼 수는 없어."

목사님도 같은 생각이라는 듯 고개를 끄덕거렸다.

일렁거리는 램프의 불빛을 응시하던 계순이 아버지가 답답하다는 표정을 지었다.

"그렇다고 아이들을 두고 혼자 갈 수도 없고."

화진이 말했다.

"셋이 같이 움직이면 들킬 거예요. 여기도 그렇지만 학교도 감시 중이거든요."

"내가 나타나기만 기다리고 있겠지."

목사님이 끼어들었다.

"뒤쪽에 비밀 통로가 있어서 여기 있는 두 사람이 빠져나가는 건 어렵지 않아. 하지만 이화학당에 있는 계순이까지 이곳에 오면 놈들이 낌새를 챌 거야."

"학교 안으로는 못 들어오고 바깥에서만 감시하고 있긴 해요."

"몰래 밖으로 나올 수 있는 방법은 없겠니?"

잠시 생각에 잠긴 화진이 입을 열었다.

"방법을 찾아볼게요."

목사님과 함께 예배당으로 올라온 화진은 바깥을 살펴보던 한결이의 다급한 목소리를 들었다.

"누나! 지난번 그 순사 보조원이 오고 있어요."

화진은 재빨리 의자에 앉아 성경을 펼쳤다. 목사님도 얼른 성경을 들고 얘기를 나누는 척했다.

잠시 후, 문 두드리는 소리가 들렸다. 목사님이 고개를 끄덕거리자 한결이가 문을 열어 줬다. 성큼성큼 다가온 정혁이 장갑을 벗으며 두 사람 앞에 섰다.

화진이 냉랭한 표정으로 바라보자 정혁이 화진의 눈길을 외면하고 목사님에게 말했다.

"교회 신자들이 독감에 걸렸다는 제보가 들어왔습니다. 경무총감부 지시로 이 교회를 당분간 폐쇄합니다."

목사님이 성경을 덮고 목소리를 높였다.

"그럴 리가 없습니다. 어제까지 모두 건강했어요!"

"저는 지시를 받았을 뿐입니다. 아무튼 이 교회는 폐쇄합니다. 이틀 시간 드릴 테니까 그 전에 문을 닫으십시오. 더 이상 사람들이 들어올 수 없습니다."

발끈한 화진이 노려보자 정혁은 교회 문 쪽을 가리키며 조용히 하라는 손짓을 하고는 돌아서서 나갔다.

정혁이 나가고 나자 한결이가 바로 목사님을 바라봤다.

"갑자기 왜 문을 닫으라는 거죠?"

"드나드는 사람이 없어야 감시하기 편하니까. 아무래도 계획을 서둘러야겠다."

목사님이 지하에 있는 계순이 아버지를 만나러 간 사이, 화진과 한결이는 문가에 서서 바깥을 살폈다. 수상쩍어 보이는 이들이 주변을 서성거리고 있었다.

화진이 비로소 정혁이 찾아온 이유를 알아차렸다.

"경고해 주러 온 거였어."

한결이가 물었다.

"누가요?"

"아까 그 사람. 사감 선생님 돌아가셨을 때도 우리 학교에 왔었는데 미리 알리고 오지는 않았거든."

"그러니까 우리에게 시간이 얼마 남았는지를 알려 주러 온 거라고요?"

한결이 물음에 화진이 고개를 끄덕거렸다.

"그런 것 같아."

잠시 후, 목사님이 올라오자 화진이 인사를 하고 밖으로 나왔다.

가족 모두 함께 움직이는 건 위험했다. 이화학당은 교문 말고는 나가는 곳이 없어서 감시 눈길을 피해 학교 밖으로 나가는 건 불가능에 가까웠다. 고민을 거듭하던 화진의 눈에 상식이가 손수레를 끌고 나오는 게 보였다.

손수레를 돌리던 상식이는 지켜보는 화진을 보고는 고개를 꾸벅 숙였다.

"어디 갔다 오시나 봐요?"

"응, 아버지는 어떠시니?"

"많이 나아지셨어요. 다음 달에는 아버지가 오실 수 있을 거예요."

화진은 손수레에 실린 물건을 가리켰다.

"그건 뭐야?"

"학교에서 버리는 물건이에요. 고물로 팔면 몇 푼 건질 수 있을 거 같아서 제가 가져간다고 했어요."

"안 무거워?"

"괜찮아요. 날씨 추운데 얼른 들어가세요."

활짝 웃은 상식이가 삐걱거리는 손수레를 끌고 콧노래를 부르며 사라졌다.

화진이 중얼거렸다.

"저걸 쓰면 되겠네."

교문으로 들어선 화진에게 경선이 다가왔다.

"내일모레 토론회 한대."

"무슨 토론회?"

"전염병을 퇴치하는 데 학교와 학생들이 무슨 역할을 해야 하나를 놓고 토론한대."

"어디서?"

"심슨홀에서. 배재학당 학생들도 온대."

화진이 심슨홀을 바라봤다. 백 명 넘게 들어갈 수 있는 강당이라 종종 대규모 강연이 열리곤 했다.

"독감 기세가 만만치 않은데 사람들이 모일까?"

경선이 마스크를 꺼내서 보여 줬다.

"이걸 쓰고 한다나 봐. 그리고 들어오기 전에 손을 깨끗이 씻으면 괜찮지 않겠어?"

"몇 시에?"

"세 시부터 다섯 시까지."

"딱 지금 시간이네?"

"응, 수업이 제대로 안 되고, 다들 축 늘어져 있으니까 헨리 선생님이 배재학당 쪽이랑 얘기했나 봐."

경선은 오랜만에 외부 사람을 만날 수 있다는 생각에 들떴는지 정신없이 떠들었다.

화진의 머리에 번쩍 하고 떠오르는 생각이 있었다.

"이따가 봐."

화진은 서둘러 계순의 방으로 갔다. 그리고 짧게 계획을 들려 줬다.

다음 날, 식재료를 손수레에 싣고 온 상식이에게 부탁하고, 삼일교회에 가서 목사님과 한결이, 그리고 계순이 아버지에게도 얘기했다.

목사님이 걱정스러운 얼굴로 물었다.

"괜찮을까?"

화진이 대답했다.

"교회 문 닫고 나면 더 어려워지잖아요."

"하긴, 문 닫은 다음에 소독한다고 들이닥쳐서 샅샅이 뒤질 수도 있지."

결국 목사님도 동의했다.

화진은 한결이를 바라봤다.

"아버지랑 누나 잘 도와줘."

"알았어요, 누나."

토론회가 열리는 날, 토론회 시간이 가까워지자 배재학 당 학생들이 하나둘씩 모습을 드러냈다. 정혁을 비롯한 순 사 보조원들이 지켜봤지만 워낙 드나드는 학생들이 많아 서 그런지 갈피를 잡지 못했다. 화진의 계획을 전해 들은 경 선과 동무들은 손수레에 실을 짐들을 챙겼다.

세 시가 되자 토론회가 시작되었다.

연단에 선 배재학당 삼 학년 학생이 열변을 토했다.

"일본은 무오년 독감에 조선 사람들이 많이 희생되는 것을 불결하고, 위생적이지 못했기 때문이라고 합니다. 물론 잘못된 편견이지만 우리가 받아들여야 할 점이 있는 건 사실입니다. 따라서 우리 학생들을 중심으로 위생 계몽 활동을 적극적으로 펼쳐야 합니다."

연단 아래에 순사가 자리 잡고 앉아 있다가 뭔가 마음에 들지 않는 내용이 나오면 종을 흔들어서 강연을 중단시켰다. 그때마다 이화학당과 배재학당 학생들이 야유를 보냈다. 뒤이어 나온 이화학당 학생 역시 언론을 통해 적극적으로 위생 계몽 활동을 해야 한다고 말하면서도 조선인들의 위생 관념을 문제로 삼은 일본에 대해 비판하는 목소리를 높였다.

분위기가 후끈 달아오르자 화진은 조용히 자리를 떴다. 상식이가 주방에 식재료를 가져다놓고 기다리고 있는 중이었다. 화진과 마주친 상식이가 손수레를 끌고 조용히 기숙사로 향했다. 그곳에는 미리 옷을 갈아입은 계순이가 기다리고 있었다. 계순이가 손수레에 들어가서 옆으로 웅크리고 눕자 경선과 동무들이 그 위에 옷가지들을 덮고 가벼운 물건들을 올려놨다.

화진이 손수레에 누운 계순에게 속삭였다.

"힘들더라도 좀만 참아."

화진이 심호흡을 한 번 하고 손짓하자 상식이가 천천히 손수레를 끌었다. 덜컹거리는 손수레가 교문을 나서자 주변에서 지켜보고 있던 순사 보조원들의 눈이 일제히 손수레에 쏠렸다.

그중 한 명인 정혁이 다가와 말을 건넸다.

"어디 가?"

"교장 선생님 심부름이요."

"무슨 심부름?"

"말씀드릴 수 없어요. 교장 선생님에게 물어보세요."

"뭔데 그래?"

정혁이 짜증을 내자 화진은 일부러 목소리를 높였다.

"몰라요. 교장 선생님한테 물어보라니까요!"

계순이가 숨어 있는 손수레를 학교 밖으로 빼내는 게 목적이었기 때문에 화진은 일부러 시간을 끌었다.

화진이 정혁과 신경전을 벌이는 사이, 상식이가 천천히 손수레를 끌고 옆으로 지나갔다.

그러자 정혁이 멈추라는 손짓을 했다.

"저건 또 뭐야?"

"학생들이 버리는 물건들이에요. 우리 학교에 식재료 배달해 주는 아저씨 아들인데 팔아서 동생 약값에 보태 쓰겠다고 해서 가져가라고 했어요."

정혁의 시선을 받은 상식이가 너무 긴장을 했는지 식은 땀을 흘렸다.

정혁이 다가가려는 찰나, 경선이 옷가지를 품에 안고 뛰어왔다.

"상식아, 이것도 가져가."

옷가지를 손수레 위에 올려놓은 경선이 정혁을 빤히 쳐다봤다.

"고향 오라버니라는 분이야? 잘생겼다. 키도 크고."

경선의 시선이 부담스러웠는지 정혁이 한 걸음 뒤로 물러났다. 경선의 대담함에 화진은 웃음으로 고마움을 대신하고는 정혁의 곁을 스쳐 지나갔다. 그러자 뒤따라온 정혁이 화진의 어깨를 붙잡았다.

놀란 화진이 멈춰 서자 정혁이 속삭였다.

"남대문 정거장에도 순사 보조원들이 지키고 있으니까 서대문역으로 가라. 주변 잘 살피고."

화진이 돌아보자 정혁이 엄한 표정을 지었다.

"무오년 독감이 심하게 돌고 있으니까 얼른 외출 마치고 돌아와. 마스크 꼭 쓰고."

화진은 고개 숙여 인사를 하고 얼른 벗어났다. 대한문을 지나 영길리 공사관 건물이 있는 골목으로 향했다. 주변에 아무도 없는 걸 확인한 화진이 손짓하자 상식이가 손수레를 멈췄다.

화진이 손수레에 대고 말했다.

"이제 나와도 돼."

계순이 옷가지를 헤치고 나왔다.

화진이 물었다.

"괜찮아?"

"응, 아까 멈춰 세웠을 때 들키는 줄 알았어."

"남대문 정거장에는 순사들이 지키고 있다니 서대문역으로 가자."

"한결이랑 아버지는?"

"지금쯤 비밀 통로로 나와서 용산역으로 가고 있을 거야. 신의주에서 만나자고 전해 달라셨어."

"이 은혜 잊지 않을게."

손을 꼭 붙잡은 채 눈물을 글썽거리는 계순에게 화진이 말했다.

"조심해서 가. 간도는 춥다니까 감기 더 조심하고."

계순이 인력거를 타고 서대문역으로 가는 걸 본 화진이 상식이에게 고맙다는 말을 남기고 이화학당으로 돌아갔다. 전차가 느릿하게 지나가는 가운데 대한문 앞에서는 사람들이 '전쟁 할 일 없는 군대'라고 비꼬는 조선보병대가 교대식을 하는 중이었다. 화진은 그 앞을 지나 이화학당으로 향했다. 예전 운교가 있던 자리에서 기다리고 있던 정혁이 말없이 화진을 바라봤다. 화진이 아무 말 없이 지나가자 정혁 역시 별다른 말없이 보내 줬다.

화진이 이화학당에 도착할 즈음 토론회가 끝났는지 배재학당 학생들이 쏟아져 나왔다.

교문에서 기다리고 있던 경선이 화진에게 말했다.

"올해는 이렇게 끝날 것 같네. 무오년은 독감밖에 기억나지 않을 거야."

"그러게. 춥다, 어서 들어가자."

겨울 방학은 예정보다 앞당겨졌다. 짐을 꾸린 화진은 경선에게 작별 인사를 했다.

"내년에 보자."

"볼 수 있을까, 우리?"

"반드시!"

화진은 학교를 빠져나왔다. 지붕이 뾰족한 정동 제일예배당 앞에서 기다리고 있던 정혁이 도리우치를 만지면서 인사했다.

"아직도 감시 중이에요?"

정혁은 어깨를 으쓱했다.

"계순이 말고도 감시할 사람은 많으니까."

"고마워요."

화진이 진심을 담아 말하자 정혁은 씩 웃었다.

"사람 대접은 못 받지만 그렇다고 사람 노릇을 안 할 수는 없잖아."

"내년에 봐요."

정혁이 따뜻한 눈으로 화진을 바라봤다.

"조심해라."

화진은 남대문 정거장 쪽으로 가벼운 걸음을 옮겼다.

무오년 독감은 다음 해인 기미년 봄까지 기세를 떨쳤다.

담배를 피우며 〈매일신보〉를 보던 아버지가 혀를 찼다.

"작년 가을부터 올 초까지 칠백사십만 명이 넘는 조선인이 독감을 앓았고, 그중에서 십사만 명이나 사망했다는구나. 가족들 마음이 얼마나 비통할까?"

"일본인들은요?"

아버지는 신문을 뒤져 곧바로 대답해 주었다.

"십육만 명쯤 독감에 걸렸고, 그중 천삼백 명이 죽었다는구나."

화진은 속으로 계산해 보았다.

"조선 사람은 환자 열 명 중에 두 명이 죽고, 일본인은 열 명 중에 한 명이 채 안 죽은 셈이네요."

아버지가 담배 연기를 내뿜으며 말했다.

"거기다 독감에 걸렸는지 모르고 죽은 조선 사람이 한

둘이 아닐 테니 그들까지 합치면 사망자는 더 많을 게다."

"우리 가족 중에 해를 입은 사람이 없어서 다행이에요."

"합병인지 병합인지 하면 잘살게 해 준다고 해 놓고는 이렇게 나라를 집어 삼키다니."

화진은 아버지에게 동조하는 뜻의 웃음을 지어 보였다.

기미년이 되고 1월 말, 개학할 때가 되자 화진은 조용히 짐을 챙겼다. 아버지는 일단 졸업할 때까지는 혼사를 미루겠다는 말로 화진의 발걸음을 가볍게 만들어 줬다. 경한읍에서 열차를 타고 경성으로 향하던 화진은 물끄러미 창밖을 바라봤다. 창밖으로 벌거벗은 산들이 지나가고 있었다. "봄이 와도 저 산들은 푸른 옷을 입지 못하겠지. 조선 사람들 마음도 저렇게 헐벗어 가누나."

경성에 도착한 화진은 학교로 가는 전차를 타고 대한문 앞 정거장에서 내렸다. 한기를 막기 위해 목도리를 추스르던 화진은 〈매일신보〉를 파는 아이들이 호외라고 외치면서 달리는 모습을 봤다. 의아해하는 화진의 발 앞에 호외가 한 장 떨어졌다. 호외를 집어 든 화진은 고개를 돌려 대한문을 바라봤다. 대한제국이 망한 후에 그곳에서 은거하듯 살고 있던 임금이 승하한 것이다.

화진이 호외를 접으며 중얼거렸다.

"무오년은 독감으로 마무리되고, 기미년은 죽음으로 시작되는구나."

고개를 떨군 화진이 몇 걸음 더 옮기는데 그림자가 앞을 가로막았다.

고개를 들어 보니 정혁이 씩 웃는 얼굴로 서 있었다.

"오라버니!"

반가움이 가득 담긴 목소리에 정혁이 뒤통수를 긁적거렸다.

"혹시나 하고 와 봤는데."

"잘 지냈어요?"

여전히 도리우치를 쓰고 있긴 했지만 차림새가 약간 달라 보였다. 양복에 코트 차림이 아니라 한복 바지에 솜 넣은 저고리를 입고 있었다.

화진의 시선을 느꼈는지 정혁이 말했다.

"지난달에 순사 보조원 때려치웠어."

"그럼 지금은요?"

"종로통에 있는 쌀집에서 일해. 자전거를 탈 줄 알아서 배달을 다니지."

"결국 그만뒀네요."

"적성에 안 맞아서 말이야."

한바탕 웃은 정혁이 쑥스러워서 고개를 숙인 화진에게

말했다.

"이태왕이 승하했어."

"호외 봤어요."

"장례식이 3월 초일 거 같은데 꽤 크게 열리겠지?"

화진은 잠시 생각에 잠겼다.

"아마도 그렇겠죠?"

"사람들이 모이면 여러 가지 일을 할 수 있지 않겠어?"

화진이 영문을 모르겠다는 표정으로 바라보자 정혁이 씩 웃었다.

"순사 보조원 관둔 다음부터 삼일교회 다니고 있어."

"아."

비로소 어떻게 돌아가는지 알게 된 화진이 말없이 바라봤다.

그러자 도리우치를 살짝 치켜올린 정혁이 진지한 표정을 지었다.

"목사님이 뭔가를 계획하고 있더라. 너도 같이했으면 좋겠다고 하셔서, 내가 얘기한다고 했지."

"무슨 계획인데요?"

정혁이 주변을 살폈다.

"가서 얘기하는 게 좋겠어. 기숙사에 짐 부려 놓고 교회로 가자."

"알았어요."

화진은 앞장서 걷는 정혁을 따라 발걸음을 옮기며 혼잣
말을 했다.

"사람들이 모이면 여러 가지 일을 할 수 있다……."

나무 아래로 봄바람이 쌩하고 지나갔다.

동민이가 추운지 옷깃을 여미며 물었다.

"근데 스페인 독감이 퍼진 건 유럽이랑 미국이라며? 우리나라에는 어떻게 들어온 거야?"

"가장 많이 퍼진 건 그곳들이지만 사실상 전 세계로 퍼졌어. 지금처럼."

"그 정도였어?"

"심지어 알라스카에까지 퍼져서 원주민들도 걸렸대."

"정말? 지금처럼 끝도 없이 퍼졌구나."

"지금만큼은 아니지만 그때도 세계적으로 왕래가 많던 시기였어. 그런데 요즘처럼 방역을 철저하게 할 수 있는 상황은 아니었지."

"왜 우리나라에서는 무오년 독감이라고 부른 거야?"

미성이가 무성하게 드리워진 나무의 가지들을 올려다보면서 말했다.

"1918년이 무오년이거든. 다음 해인 1919년이 기미년이라서 삼일 만세 운동을 기미 만세 운동이라고도 하잖아."

"우와! 넌 어떻게 그런 걸 다 아냐?"

미성이가 쑥스러운 표정을 지었다.

"그냥 책에서 봤어."

"그래서 우리나라에는 얼마나 퍼졌어?"

잠깐 생각을 하던 미성이가 대답했다.

"당시 조선 인구가 천칠백만 정도였거든, 그중에서 칠백사십만 명 정도가 감염되었고, 그중에서 십사만 명 정도가 사망했어."

머릿속으로 계산하던 동민이가 깜짝 놀랐다.

"헉, 정말 많이 걸렸네. 사망자도 엄청 많고."

"맞아. 사망자는 전체 인구 중 0.8퍼센트가 조금 넘고, 감염자 중에서는 1.9퍼센트가 조금 못 되지."

"어쩌다가 전파된 거야?"

"지금처럼 명확하게 조사를 할 수 없던 때라 확실하게 밝혀지지는 않았어. 일본도 전체 인구 중에 절반 정도 감염

시간을 잇는 아이

자가 나왔어. 그중 일부가 조선으로 건너오면서 전파된 것 같아. 지금처럼 자가 격리 같은 개념이 없었을 때니까."

"으이구, 조심 좀 하지."

"시베리아 횡단 열차를 타고 연해주나 간도로 온 감염 자와 접촉해서 감염된 사람이 조선으로 넘어와서 시작되었 다는 얘기도 있어."

"피해가 컸겠네."

"그렇지. 1918년 가을부터 유행했는데 학교도 휴업하 고, 관청도 문을 닫았나 봐. 지방 같은 경우 농민들이 독감 에 걸려서 쓰러지는 바람에 작물 수확도 할 수 없었대."

"지금이랑 비슷하네."

"어떻게 보면 더 심했어. 지금처럼 의사들이랑 병원이 많지 않았을 때니까. 거기다 잘 씻지 못하고 먹지 못해서 병에 걸리면 쓰러졌다가 못 일어나는 사람이 많았나 봐."

"저런, 약도 제대로 못 먹었겠네."

"그렇지. 거기다 일본의 식민지였던 상황이라 우리나라 사람들은 더욱 힘들었을 거야. 그때 신문 기사 찾아보니 공 장 직원들 수천 명이 결근하고, 우체부들이 쓰러져서 우편 물이 제대로 발송되지 않을 정도였대."

"엄청 심했구나."

"흥미로운 건 그때도 지금이랑 대처 방법이 비슷했다는

거야."

"어떻게?"

"독감을 앓는 환자를 혼자 방에 두고, 다른 사람이 가까이 가지 않도록 하라고 했대."

"격리네?"

"맞아. 그리고 환자가 입은 옷과 이불은 햇볕에 말려서 소독하고, 방을 청결하게 하고, 창문을 열어서 햇볕을 쬐게 해 주라는 내용이 실려 있어."

"진짜 지금이랑 비슷하네."

"그렇게 해서 그나마 사망자가 적게 나왔는지 몰라. 하지만 많은 조선 사람들이 일본에 화를 냈어."

"왜?"

"전염병에 걸린 일본인과 조선인을 차별해서 치료했거든."

"차별했다고?"

미성이가 한숨을 쉬었다.

"그래서 다음 해 일어난 삼일 만세 운동에 그렇게 많은 조선 사람들이 참여한 거라는 사람도 있더라. 병균은 눈에 보이지 않지만 차별은 눈에 보이니까."

동민이는 마음 한구석이 찔렸다. 아빠가 구해 온 마스크를 가지고 편하게 지내는 자신과 줄을 서서 마스크를 사야 하는 미성이의 모습이 묘하게 겹친 탓이다.

　마음이 무거워지자 동민이는 헛기침을 하며 말머리를 돌렸다.

　"그런데 넌 어떻게 그렇게 잘 알아?"

　"우리 증조할머니가 쓰신 일기를 봤어."

　"일기?"

　"응. 무오년 독감이 퍼졌을 때 이화학당에 다니셨나 봐. 1918년에 있었던 일을 일기로 남겨 놓으셨어."

　"증조할머니가 무오년 독감을 직접 겪으신 거야?"

　미성이가 고개를 끄덕거렸다.

　"직접 감염되지는 않았지만 주변 사람 중에 앓다가 죽은 사람들이 좀 있었나 봐. 누가 언제 독감에 걸려서 언제 죽었는지, 일본 경찰들이 얼마나 조선 사람들을 괴롭혔는지, 그리고 일본 경찰의 감시를 받던 독립운동가 가족을 간도로 탈출시킨 일도 적어 놓으셨어."

　"우와, 멋진데. 우리랑 비슷한 나이였을 텐데. 나는 꿈도 못 꿀 일을 하셨네."

　"증조할머니도 삼일 만세 운동에 참여하셨고, 증조할아버지랑 같이 간도로 탈출하셔서 독립운동을 하셨어."

　"네가 독립운동가 후손이었구나."

　동민이가 호들갑을 떨자 미성이가 쓴웃음을 지었다.

"근데 우리 할아버지는 싫어하셨어."

"왜? 자랑스럽잖아?"

"독립운동하면 삼대가 못산다고 하셨어. 그래서 지금 우리 집이 가난하다고……."

동민이가 미성이 손을 잡고 말했다.

"자랑스러워해도 돼. 개학하면 내가 친구들에게 자랑해 줄게."

"너라도 알아주니 고맙다."

"일기는 잘 남아 있는 거야?"

"응, 원래 일기는 많이 낡았는데 할아버지가 돌아가시기 전에 옮겨 적으신 건 아직 잘 남아 있어."

"나중에 구경시켜 주라, 꼭."

미성이가 고개를 끄덕거렸다.

"내 방에 잘 보관해 놓았으니 걱정 마."

그때였다. 갑자기 골목에서 발자국 소리가 들려왔다.

동민이가 반색하며 일어났다.

"약사 아저씨 오나 봐."

하지만 골목에서 모습을 드러낸 건 올백머리였다.

한눈에 봐도 같은 부류로 보이는 패거리들을 이끌고 온 올백머리는 나무 아래 어정쩡하게 서 있는 두 아이에게 손짓을 했다.

"어이! 꼬맹이들, 형들이랑 얘기 좀 하자."

저도 모르게 미성이를 바라본 동민이가 물었다.

"무, 무슨 얘기요?"

피식 웃은 올백머리가 코웃음을 쳤다.

"너희 버르장머리를 어떻게 고칠지에 대해서 말이야."

미성이가 동민이를 잡아끌며 속삭였다.

"도망치자."

"그래."

두 아이가 슬슬 뒷걸음질 치자 올백머리가 바닥에 침을
뱉었다.

"어딜 튀려고!"

그 말을 신호로 두 아이는 약국으로 가는 골목길로 냅
다 뛰었다. 올백머리 패거리들도 바로 쫓아왔다. 좁은 골목
길이라 옆으로 빠져나가거나 숨을 곳이 없었다. 여전히 문
이 닫혀 있는 약국을 지나 산으로 올라가는 골목길을 정신
없이 뛰었다. 하지만 올백머리 패거리들은 당장이라도 뒷덜
미를 낚아챌 것처럼 따라왔다.

동민이는 울상이 되었다.

"이러다 잡히겠어."

미성이가 동민이를 잡아끌었다.

"뛰어야 해!"

정신없이 뛰다 보니 약간 넓은 공터가 나왔다. 누군가 이사 가면서 놓고 갔는지 한쪽 담장에 버려진 가구들이 있었다. 문짝이 떨어진 장롱 앞에 하얀색 곰 인형과 녹색 공룡 인형이 보였다.

미성이가 말했다.

"저기 숨자!"

"어떻게?"

미성이가 직접 시범을 보였다. 문짝이 떨어진 장롱 안으로 들어간 다음에 녹색 공룡 인형으로 앞을 가린 것이다. 동민이도 바로 옆 칸으로 들어가 몸을 웅크리고 하얀색 곰 인형으로 앞을 가렸다. 그때 올백머리 패거리들이 공터에 들어섰다.

숨을 헐떡거리는 올백머리의 목소리가 들렸다.

"아, 쪼그만 것들이 엄청 빠르네."

다른 패거리들도 숨이 찼는지 아무 말이 없었다. 올백머리는 담배를 꺼내 물었다.

그제야 진정이 되었는지 옆에 있던 키 작은 패거리가 물었다.

"걔들 돈 있는 거 맞아?"

"한 놈이 마스크 판다고 하니까 바로 넘어왔어. 몇 만 원은 가지고 있을 거야."

동민이는 쉽사리 속아 넘어간 자신이 다시금 원망스러웠다.

　　올백머리가 패거리들에게 말했다.

　　"멀리는 못 갔을 거니까 근처를 샅샅이 뒤져 봐."

　　바람에 날려 온 담배 냄새가 코끝을 찔렀다. 얼굴을 찡그린 동민이는 갑작스럽게 터져 나오는 기침을 참으려고 숨을 들이켰다.

　　잠시 후, 흩어졌던 패거리들이 돌아왔다.

　　"다 찾아봤는데 근처에는 없어."

　　키 작은 패거리가 말했다.

　　"종점으로 가지 않았을까?"

　　올백머리가 고개를 저었다.

　　"이쪽으로 튀었잖아. 종점은 반대쪽이라고. 틀림없이 여기 있을 거야."

　　동민이는 심장이 내려앉는 것 같았다.

　　패거리들이 공터를 뒤지기 시작하자 담배 냄새가 더 진해졌다.

　　동민이는 더 이상 기침을 참을 수 없었다.

　　'콜록 콜록.'

　　조용하던 중에 난 기침 소리는 더없이 크게 들렸다.

　　올백머리가 패거리들을 돌아봤다.

"누구야?"

다들 고개를 젓자 올백머리가 인형을 가리켰다.

그때 미성이가 고함을 지르며 일어나더니 올백머리에게 인형을 던졌다. 동민이도 일어나면서 인형을 던졌다.

올백머리가 손가락으로 두 아이를 가리켰다.

"잡아!"

동민이와 미성이는 올백머리 패거리들이 다가오자 방금 전까지 숨어 있던 장롱을 밀었다. 안이 비어 있던 탓인지, 두 아이에게 기적적인 힘이 솟아난 것인지 장롱은 그대로 넘어졌다. 요란한 소리와 함께 자욱한 먼지가 퍼지면서 패거리들이 주춤주춤 물러났다.

동민이가 소리쳤다.

"미성아, 뛰어!"

쏜살같이 달아나는 두 아이를 보며 올백머리가 펄펄 뛰었다.

"너희 잡히면 가만 안 놔둔다!"

두 아이는 부리나케 달려서 약국이 있는 골목으로 접어들었다. 할아버지가 등산용 지팡이를 옆에 기대 놓고 자물쇠를 열고 있는 게 보였다.

할아버지가 물었다.

"무슨 일이야?"

동민이는 큰 소리로 할아버지에게 외쳤다.

"할아버지! 아까 그 형이 패거리들을 데리고 쫓아와요!"

할아버지가 혀를 끌끌 찼다.

"망할 놈들 같으니라고. 얼른 들어와라."

동민이와 미성이는 반쯤 열린 약국으로 뛰어 들어가서 안쪽에 숨었다. 잠시 후, 요란한 발자국 소리와 함께 올백머리 패거리들이 나타났다.

일부러 천천히 약국 문을 열던 할아버지가 화를 냈다.

"이것들아! 골목길에서 왜 이렇게 뛰어다녀!"

"아씨, 몰라도 돼요!"

올백머리가 패거리들과 함께 사라졌다.

약국 안으로 들어온 할아버지가 문을 닫고는 떨고 있는 두 아이에게 말했다.

"갔으니까 이제 나와도 된다."

동민이가 한숨을 쉬고는 고개를 숙였다

"고, 고맙습니다."

미성이가 무릎을 털면서 물었다.

"이 약국 할아버지 약국이에요?"

할아버지는 대답 대신 유리창 옆 벽을 가리켰다. 거기에는 자격증이 든 액자가 걸려 있었는데 할아버지 사진이 붙어 있었다.

동민이가 살짝 짜증을 냈다.

"그런데 왜 아까는 남의 가게처럼 얘기하신 거예요?"

"장난 좀 쳤지."

할아버지가 카운터 안 옷걸이에 걸려 있던 하얀 가운을 꺼내서 위에 걸쳤다.

그러고는 두 아이에게 물었다.

"마스크 사러 온 거냐?"

두 아이는 한목소리로 외쳤다.

"네!"

동민이가 카운터로 다가갔다.

"제 친구가 마스크가 급해서 경한시에서 왔어요. 제발 마스크 좀 파세요."

"어쩌다가 어른이 아니라 애들이 온 거냐?"

가만있던 미성이가 사정을 털어놨다.

"엄마는 일을 나가셔야 하고, 할머니가 편찮으셔서요."

"저런, 그래서 직접 마스크를 사러 왔구나."

"네. 마스크가 없으면 엄마는 직장에 못 나가고 할머니도 병원에 가지 못하세요."

"그래, 마스크 있으니 염려 마라."

카운터 아래로 몸을 숙였던 할아버지가 잠시 후, 고무

줄로 묶인 마스크 한 뭉치를 꺼냈다. 그리고 두 아이에게 팔 마스크 다섯 개씩을 올려놓은 다음 한쪽에 마스크 두 개를 더 얹었다.

"이건 내가 쓰려고 사 둔 건데 선물로 주마."

놀란 동민이가 눈을 동그랗게 떴다.

"정말이요?"

가운을 입은 할아버지가 씩 웃으며 대답했다.

"속고만 살았어?"

약사 할아버지가 동민이와 미성이를 버스 종점까지 데려다주었다. 먼발치에서 지켜보던 올백머리 패거리들은 할아버지가 등산용 지팡이를 휘두르자 말없이 사라졌다.

마스크 열두 개가 든 비닐봉지를 품에 꼭 안은 채 버스를 탄 미성이가 옆에 앉은 동민이에게 말했다.

"진짜 필요 없어?"

"우리 집에 많아. 걱정 말고 써."

"고맙다, 정말."

"다음 주에도 같이 와서 마스크 사자."

"그렇게 해 주면 정말 고맙지."

기분이 풀어진 미성이는 웃으며 떠들었고, 동민이는 맞장구를 치면서 버스를 타고 경한시로 돌아왔다.

동민이는 비닐봉지를 품에 안은 미성이에게 웃으며 손을 흔들어 주고, 엄마의 불호령을 떠올리며 무거운 마음으로 집으로 돌아왔다.

현관문을 열고 들어서니 뜻밖에도 아빠가 소파에 앉아 있었다.

"아빠, 오셨어요?"

"어이구, 이게 누구신가? 우리 아들이 인사를 다 하네."

"오늘은 야근 안 하세요?"

"우리 회사 빌딩에서 확진자가 나왔어. 당분간 집에 있어야 해."

그때 엄마가 방에서 나왔다.

"전화도 안 받고 하루 종일 어디 있다 온 거야!"

"경한읍이요. 친구랑 같이 마스크 사러 간다고 말씀드렸잖아요."

"엄마 말 안 듣고 기어코 간 거야?"

"친구 사정이 급해서 꼭 가야 했어요."

또박또박 설명하는 동민이를, 엄마와 아빠가 이상한 눈으로 쳐다봤다.

엄마가 아빠 옆에 앉으며 물었다.

"여보, 쟤 우리 아들 맞아?"

아빠가 고개를 갸웃거렸다.

"그러게."

아빠는 옆으로 옮겨 앉으며 동민이를 불렀다.

"이리 와서 앉아 봐. 오늘 대체 무슨 일이 있었는지 들어나 보자."

동민이는 잠시 망설였다.

'엄마와 아빠 사이에 앉아서 이야기를 하라고? 내가?'

중학생 된 이후 한 번도 해 본 적 없는 일이었다. 왠지 어린아이가 하는 짓 같아서 절대 하지 않고 있었다.

하지만 마음과 달리 동민이 몸은 어느새 엄마와 아빠 사이에 자리 잡고 있었다.

"엄마, 아빠. 무오년 독감이라고 들어 보셨어요?"

뜬금없는 질문에 아빠는 당황한 듯했다.

"무오년 독감?"

"네. 무오년 독감이요. 스페인 독감이라고도 해요."

엄마가 손뼉을 쳤다.

"그래, 스페인 독감. 제1차 세계 대전 때 유럽에 퍼진 독감이잖아!"

"그게 우리나라까지 퍼졌었대요. 1918년 무오년에요. 오늘 친구에게 많은 이야기를 들었어요."

동민이는 마스크 사기 위해 겪은 일들과 미성이에게 들